_____님께 드립니다

불멸의
사랑
이야기

돌아가신 막내 이모께 이 책을 바칩니다.

한옥 속의 클래식

불멸의 사랑 이야기

violin & piano

송원진 · 송세진 지음

이가서
Leegaseo publishing

prologue

우리는 오늘도 새로운,
하지만 우리가 알고 있는 가장 오래된 음악으로
우리 인생의 영원한 반려자인
바이올린과 피아노와 함께 나아간다.
우레와 같은 박수로 우리를 맞아주는 청중과
같이 호흡하며, 같이 즐긴다.
우리의 시간은 끝나지 않을 것이다.
우리가 무대에 설 수 있는 그날까지.
이것이 우리가 들려주는
불멸의 사랑 이야기이다.

추 천 의 글 1

이 시대 러시아학파의
진정한 계승자들

모스크바 국립 차이코프스키 음악원을 졸업한 송원진·송세진은 뛰어난 재능을 지닌 강렬한 음악가들다. 그녀들은 비범하고 탁월한 음악가이자 훌륭하고 똑똑하며 착한 인텔리겐치아이다.

뛰어난 바이올리니스트인 송원진은 격조 높은 음악 센스와 경탄할 수밖에 없는 아름다운 소리를 지니고 있고, 송세진은 한계가 보이지 않는 화려한 테크닉과 깊고도 아름다운 소리와 함께 피아노 세계의 모든 것은 포옹할 수 있는, 남성적인 스케일을 가진 피아니스트다.

또한 음악 스타일과 성격을 정확히 파악해서 연주할 수 있는 재능은, 많은 훌륭한 다른 연주자들 속에서도 그녀들을 한 눈에 알아볼 수 있게 만든다.

국제 콩쿠르에서 입상한 그녀들은 러시아 모스크바뿐 아니라 미국·프랑스·영국·스페인 그리고 자신들의 고향인 한국 등 여러 곳에서 성공적인 연주생활을 하고 있다.

모스크바에서 1992년부터 공부를 시작한 그들의 다양한 레퍼토리는 클래식·낭만파음악·현대음악을 망라하며 많은 러시아 음악까지 소화해내고 있다. 훌륭한 러시아 음악가들에게 사사받으며 러시아 음악의 '진수'를 배운 그녀들은, 이 시대 러시아학파의 진정한 전통을 지니고 있다.

—막심 페도토프(바이올리니스트, 러시아 국민 공훈 예술가, 차이코프스키 콩쿠르 입상자, 모스크바 국립 차이코프스키 음악원 교수, 모스크바 심포니 오케스트라 '러시안 필하모니' 예술감독 겸 상임지휘자)

Рекомендация

Талантливейщие музыканты и превосходные люди, умные, интеллигентные, добрые, выпускницы Московской государственной консерватории имени П.И.Чайковского Сон Вон Чжин и Сон Се Чжин являются черезвычайно одаренными, яркими музыкантами.

Сон Вон Чжин – выдающийся музыкант, блестящая скрипачка с великолепным вкусом, изумительной красота звучанием скрипки.

Сон Се Чжин бладеет практически неограниченными виртуозными данными, глубиной и красотой звука и умением крупно (я бы сказал, по-мужски) мыслить за роялем.

 Так же им присущи точное проникновение в стиль и характер

исполняемой музыки все это взятое вместе характерно для них и выделяют из большой массы очень хороших исполнителей.

Лауреаты международных конкурсов, Сон Вон Чжин, Сон Се Чжин с большим успехом играют в России, в частности, в Москве, в США, во Франции, в Англии, в Испании, у себя на родине в Южной Корее и т.д.

Они начали свое обучение в Москве с 1992 года, поэтому в их репертуаре, наряду с музыкой классиков, романтиков и современных авторов, очень много произведений русской музыки. Пройдя отличную школу у российских музыкантов, они овладели всеми «хитростями» исполнения русской музыки и, несомненно, являются носителями традиций исполнения русской музыки.

Максим Федотов (Скрипач, Народный артист РФ, Лауриат международного конкурса им. Чайковского, Профессор Московской Государственной

консерватории им. Чайковского, Художественный руководитель и главный

дирижер симфонического оркестра Москвы 'Русская филармония')

추 천 의 글 2

그 풍부하고 환상적인 음악세계로
여러분을 초대합니다

일본 히트 드라마 〈노다메 칸타빌레〉에 대적하기라도 하듯 나온, 우리나라 본격 클래식 드라마 MBC 〈베토벤 바이러스〉를 많은 이들이 기억할 것이다. 송원진·송세진 자매가 그 드라마 주인공들의 연주를 실제로 연주한 후 그녀들을 소개하는 말에 단골로 붙게 된 '최고의 인기드라마 〈베토벤 바이러스〉의 실제 주인공'이라는 수식어가 개인적으로는 마음에 들지 않는다. 그녀들의 음악은 한 드라마의 실제 연주를 맡았다는 식의 한마디로 표현될 정도의 것이 아니기 때문이다.

내가 그녀들을 처음 만난 것은 몇 년 전 그녀들이 한국으로 귀국한 직후 〈Leeum 목요음악회〉라는 곳에서였다. 그보다 먼저 오케스트라와 사라사테의 〈치고이너바이젠Zgeunerweigen〉을 협연한 연주회에서 송원진을 보고 내 블로그 후기에 짧은 감상평을 올렸는데, 그걸 본 송원진이 댓글로 직접 초대하면서 우리의 첫 만남이 이뤄졌다. 같은 과 친구들과 찾아간 그 음악회가 끝나고 대기실로 몰려가 처음 대면했을 때부터 소탈한 그녀와 낯을 잘 가리지 않는 나는 이미 끈끈한 정을 공유한 듯했던 기억이 있다.

이후 나는, 감히 그 누구도 연주할 수 없는, 그녀들의 열정적이고 테크니컬하며 파워풀한 러시아 감성의 연주를 지금까지 감동하고 이해하며 맛보고 있다. 서울의 대형 전문 연주홀 외에도 전주 한옥마을 마당에서 밤하늘을 지붕삼아 고즈넉한 분위기에서 정기적으로 연주도 하고, KBS 〈클래식 오디세이〉와 함께한 강원도 평창의 한 초등학교 교정에서도 바이올린과 피아노가 심금을 울렸으며, 피겨요정 김연아의 아이스쇼 라이브 바이올린 연주로 개성을 과시했고, G20 정상회의 때는 러시아 대통령을 위한 청와대 행사에서 러시아 대통령도 놀랄 정도의 연주를 선보였으며, 최근 들어서는 백화점 문화홀 연주회로 일반인과 가까운 곳에서 클래식 음악을 전파하고 있는 그녀들, 그녀들의 무한무대가 앞으로 어디까지 펼쳐질지 기대가 크다.

강렬하고 단호한 열기로 가득한 쾌속 질주의 숨 가쁜 연주로 객석을 뜨겁게 달구다가도 한없는 비애가 넘치는 서정적이고 애절한 로맨스의 감수성을 고스란히 전달하는 그녀들의 연주는 매번 때와 장소를 불문하고 가득한 열정으로 큰 감동을 준다.

특히 언니 송원진의 연주는 바이올린 독주라고 생각하기 힘들 정도의 엄청난 음량과 몰아치거나 흐느끼는 그녀만의 개성이 늘 드러나 듣는 이의 상상력을 자극하고 그 격렬함에 매료되게 한다. 이제는 그녀의 트레이드마크라고 할 수 있는 〈치고이너바이젠〉. 그녀 특유의 서글픈 비브라토의 바이올린 음색을 통해 섬세하고 짜릿하게 연주되다가 빠르게 치닫는 클라이맥스에서는 일순간 모든 이들의 숨을 멈추게 한다. 소름끼칠 듯한 고음의 섬세한 소리는 가히 일품이고 집시의 애환이 토해지는 정열적 표현은 독보적이라 할 수 있다.

또한 러시아 작곡가 차이코프스키의 비애와 애절함이 가득한 〈명상곡〉의 도입부에서는 그녀의 영롱한 바이올린 음색에 순간 머리카락이 주뼛해지기도 한다. 이처럼 러시아파라 불리는 그녀의 진한 감수성과 카리스마는 늘 관객을 사로잡는다. 송원진의 감각이 잘 살아있는 또 다른 곡으로 피아졸라의 탱고가 있는데, 김연아쇼에 사용된 〈리베르탱고〉는 자유롭고 정열적이며 관능적인 그녀의 음색으로 거듭나 그 전율이 객석까지 전달돼 큰 환호를 받는 곡이다.

동생 송세진은 대곡에 무척 강한 면모를 보인다. 피아노곡 가운데 가장 난해하고 어려운 테크닉의 곡으로 손꼽히는 곡 가운데 하나로 남자들도 힘들다는 발레키레프의 〈이슬라메이Islamey〉 연주 때가 지금도 기억난다.

힘차게 건반을 두들기는 도입부를 지나 서정적인 연결부와 화려하고 긴장감 넘치는 전개와 절정 부분은 마치 거대한 해일이 밀려와 재봉틀을 박는 듯, 건반 위를 달리는 그녀의 손가락에 관객의 눈동자가 고정됐던 장면은 놀라움 그 자체였다. 그녀의 이러한 파워는 다른 장소 다른 대곡에서도 이어졌다.

2007년 그녀를 처음 접했던 〈Leeum 목요음악회〉 때와 작년 송년음악회로 연주한 '차이코프스키의 발레곡' 연주에서도 현란한 음의 향연이 펼쳐졌는데, 섬세하고 낭만적인 감성의 터치와 함께 생기와 박력이 살아있는 그녀의 입체적인 표현은 아름답고 화려한 발레 장면 장면을 눈앞에 보여주는 듯했다. 매번 느끼지만 그녀의 피아노 연주는 경이롭다.

구소련 시대 전세계인을 사로잡았던 다비드 오이스트라흐나 로스트로포비치, 에밀 길레스, 리히터와 같은 훌륭한 연주가와 비견될 만큼 그녀들은 이미 러시아에서 유학할 때부터 현지인의 칭송을 받았다.

　귀국한 이후 현재까지 전국 방방곡곡을 누비는 바쁜 연주 일정에도 항상 고정팬이 따를 정도이며, 대학에서는 후진 양성에도 활발하게 힘쓰고 있는 그녀들. 하지만 가까이서 만나면 늘 쾌활하고 인간미 넘치는 순수한 젊은 여성들이자 영화도 즐기고 트위터로도 노는, 바쁘고 친근한 친구 같다. 그녀들의 가장 강력한 후원자이자 늘 곁에서 딸들을 돌보는 구수한 사투리의 정 많은 어머니를 많이 닮은 것은 당연하다.

　작곡과를 나왔지만 원대했던 음악가로서의 꿈 대신 레슨과 피아노 반주, 지휘자로 그리고 송 자매와 같은 멋진 연주가들의 음악을 감상하는 즐거움으로 만족하고 있는 나는, 한편 그녀들이 부러울 때도 있다. 그렇지만 블로그를 통해 더 많은 사람이 아름다운 클래식을 가까이 하고, 대형기획사의 광고와 홍보 없이도 묵묵히 또 훌륭히 연주자의 길을 걷고 있는 송원진·송세진 자매를 소개하는 것이 내게는 큰 보람이자 자랑이다.

나는 아직 그녀들을 다 보지 못했다. 이제 그녀들의 연주가 시작되었을 뿐이다. 앞으로 인생의 아름답고 놀랍고 그리고 힘든 역경의 길을 걸으며 그녀들의 음악의 기운과 내공이 지금의 몇 배 이상 더 자랄 것을 확신한다. 그 풍부하고 환상적인 음악세계를 여러분도 함께 경험하길, 진심으로 권한다.

— 송종선(http://songrea88.egloos.com)

#3 the Music

#1

with People

죽음의 무도

C. Saint-Saëns—Danse Macabre Op.40

김연아 아이스쇼

꺅~!

모스크바에서 유학하는 중에도 빼먹지 않고 챙겨본 것이 피겨스케이팅이다. 매년 2월이면 시작되는 유럽챔피언십부터 세계 챔피언십, 그랑프리 시리즈 그리고 4년에 한 번 있는 동계올림픽까지. 멋진 음악에 맞춰 하늘하늘한 옷깃을 휘날리며 얼음 위를 미끄러지는 선수들의 모습! 정말 말 그대로 아트Art다. 그래서 피겨스케이팅은 스포츠 가운데 예술점수가 포함되는 몇 안 되는 종목이다.

세계 챔피언십은 시차 때문에 가끔 새벽에 하는 때도 있었는데, 나는 졸린 눈을 비벼가며, 아이스링크에 앉아서 선수들의 퍼포먼스를 지켜보는 관중처럼 숨죽이며 바라보다 선수가 실수 없이 멋지게 턴하고 점프를 성공시키면 '우와~' 탄성을 터뜨리며 박수를 치고, 실수를 하면 '아~!' 안타까워하고. 나는 피겨스케이팅에 흠뻑 빠져 있었다.

그 중 남자 솔로 선수들, 특히 러시아 선수들을 좋아했다. 진짜

귀공자 같고 왕자님 같은 알렉세이 우르마노프Алексей Урманов에게 시선을 홀딱 빼앗겼다. 그러나! 이 선수는 목소리를 들으면 안 된다. 그렇게 우아한 외모와는 너무 어울리지 않는 목소리. 그는 인간 공작새 같았다. 아름다운 깃털을 가졌으나 울음소리는 아름다움 저 반대편에 있는 공작새. 특히 인터뷰 때 보면 침 튀기고 코도 훌쩍이고 찢어지는 듯한 하이톤의 목소리는 나의 판타지를 여지없이 무너뜨린다. 차라리 듣지 말 것을 '나의 상상을 돌려줘~' 그냥 잊어야지…!

그리고 〈아이언 마스크The man in the iron mask〉 OST로 동계 올림픽과 세계 챔피언십 등 모든 상을 휩쓴 야구딘Ягудин. 야구딘은 2010년 시즌까지 아사다 마오의 코치였던 타티아나 타라소바Татьяна Тарасова의 제자였다. 타라소바는 음악원 교수인 피아니스트 크라이네프В.Крайнев의 부인이기도 하다. 타라소바의 지금 모습만 보면 '저 사람이 어떻게 예전에 피겨스케이팅 선수였을까?' 하는 생각이 들

기도 하지만, 코치로서의 그녀의 모습은 정말 멋지다. 어느 코치든 선수와 하나가 되어 함께 기뻐하고 즐거워하고 아쉬워하지만, 그녀의 '무적함대' 같은 겉모습과 함께 인간적인 면이 부각되어서 그런지 더욱 선명한 인상을 남겼다. 언젠가 나도 가르치는 사람이 되었을 때 저런 모습이 되었으면 좋겠다.

야구딘은 모든 스포츠 선수의 로망인 올림픽 금메달을 목에 걸었다. 그리고는 스케이팅 이외의 다른 분야에서도 활동하려고 이리저리 기웃거린 것 같은데, 결국 자신의 자리는 얼음 위라는 걸 알고 돌아갔다. 이상하게도 그 모든 스케이팅 선수가 자신의 영토인 아이스링크를 벗어나면 그 멋진 모습은 어디론가 사라져버린다. 사람마다 자신이 가장 빛날 수 있는 세상은 따로 있다는 생각이 들었다.

내가 본 피겨스케이팅 세계의 마지막은 플루센코E. Плющенко다. 그는 항상 조금은 촌스러운 듯한 의상을 입었지만 테크닉만은 단

연 세계 최고였다! 플루센코가 스핀을 돌고 착지를 하면 그와 동시에 터져나오는 그 함성! 정말 놀랍다. 몸에서 터져나오는 그 에너지를 적절하게 분배했을 때 관중들은 그의 연기에 집중하게 된다.

이렇게 피겨스케이팅을 사랑했던 시절 내가 정말 좋아했던 두 사람, 미셸 콴Michelle Kwan과 일리아 쿨릭Илья Кулик. 그들을 볼 수 있는 기회가, 그것도 바로 옆에서 이야기를 나누고 사진을 찍을 수 있는 기회가 보통의 일반인에게 얼마나 있을 수 있을까? 나는 너무 행복한 사람이다. 미셸 콴과 일리아 쿨릭을 내 눈앞에서 그것도 아주 가까이서 게다가 한국, 서울에서 볼 수 있다니!

아이스쇼에서 연주를 해달라는 요청을 듣고 이 생각이 가장 먼저 들었다.

리허설

　한여름 8월, 모든 사람이 가장 원하는 건 바로 시원함. 그래서 많은 사람이 계곡으로 또 바다로 여행을 떠나는 것이리라. 백화점과 은행도 꽤 괜찮은 피서지다. 언제나 에어컨이 빵빵하게 나오니까. 하지만 내가 가본 곳 가운데 최고의 시원함을 자랑한 곳은 바로 아이스링크다.

　리허설 첫 날은 '뭐, 아이스링크라 춥다지만 얼마나 춥겠어? 그냥 긴 소매 정도 입고 가면 되겠지?'라는 생각으로 봄옷을 입었다. 처음에는 별로 춥지 않았지만 내 차례를 기다리고, 특히 약속보다 늦어지는 김연아 선수를 기다리다보니 스멀스멀 퍼져가는 한기가 장난이 아니었다. 으스스한 추위에 고생하면서 다음 리허설부터는 제대로 두껍게 잘 입어야겠다는 생각이 간절했다.

　그날 이후의 모든 리허설과 3일 동안 진행된 아이스쇼 내내 부츠와 목도리 등 눈밭에서 굴러도 끄떡없을 것 같이 챙겨 입었다. 그러나 Style must go on. 당연히 멋을 포기할 수는 없는 일. 겨울 반

바지를 입었다. 그러나 아무리 챙겨 입어도 아이스링크는 아이스링크. 아무리 겨울옷을 입었어도 너무 추워서 중간중간 링크 밖으로 피해 나와야 했다. 한여름의 아이스링크, 아~주 시원하고 즐거운 여름휴가(?)였다.

생방송

연주회보다 시험보다 더 힘든 게 바로 생방송이다. 카메라란 놈이 빨간 불을 들이대면 카메라 앞·뒤의 모든 사람이 목숨의 위협을 받은 듯이 긴장하게 된다. 연주도, 시험도 한 번의 기회를 가지고 무대에 서는 건 똑같은데 어떤 이유인지 생방송은 사람을 더 긴장하게 만든다.

아이스쇼는 3일 동안 계속되었지만 생방송은 첫날의 무대였다. 언론과 텔레비전이라는 매체는 언제나 신선한 생선을 찾아다니니 당연히 첫 날의 쇼가 생방송되었다. 두 번의 리허설이 전부였다. 서로에게 완벽히 적응한 것도, 그렇다고 전혀 안 된 것도 아닌 그런 애매한 상태가 생방송으로 나간다니. 두번째 날이나 마지막 날이 생방송이었다면 모든 선수나 연주하는 우리도 조금 더 편한 마음으로 생방송에 임했을 수 있겠지만, 그렇게 되면 첫날 관람한 관객들의 블로그나 여러 개인 매체에 노출되어 그 다음에 생방송으로 시청하는 사람들에게 신선함을 주지 못했을 것이다.

생방송과 그 생방송을 준비하시던 지휘자 선생님의 얼굴을 잊을 수 없다. 그 전에도 아주 많은 연주를 함께했고, 더 많고 어려운 곡을 연주하실 때도 이렇게까지 긴장하지는 않으셨던 것 같은데….

나는 공연 중간쯤부터 나갔다. 김연아 선수의 생상스C. Saint-Saëns의 〈죽음의 무도Danse Macabre〉만 연주하는 것이 아니라 스테판 랑비엘Stephane Lambiel 선수의 비발디A. Vivaldi 〈사계Four seasons〉 알베나 덴코바Albena Denkova & 막심 스타비스키Maxim Staviski 팀의 피아졸라A. Piazzolla의 〈리베르탱고Libertango〉까지 내가 연주하는 곡은 세 곡이나 되었다.

맨 처음 스테판 랑비엘 선수를 위한 비발디의 〈사계〉를 연주했다. 리허설 때 곡의 도입부를 랑비엘 선수와 맞추는 것이 약간 까다롭다는 것을 알게 되었다. 랑비엘 선수도 항상 사용하던 MR이었다면 훨씬 수월했을 것이다. 하지만 랑비엘 선수와 나는 라이브가 가지고 있는 묘미를 잘 살려내 우리의 공연은 아주 우아하고 멋

있었다. 우리가 살고 있는 이 세계의 〈사계〉를, 그 사계의 고요함
에서부터 역동성까지 그 모두를 4분에 다 담아내 우리와 함께하는
모든 이에게 전달해주었다. 이로써 하나가 끝났다, 휴~

두번째 연주는 내가 제일 좋아하는 〈리베르탱고〉였다. 피아졸라
의 〈리베르탱고〉는 첼로의 솔로 연주가 아주 많지만 특이하게도
이 곡은 바이올린 솔로였다. 드럼의 첫 비트가 시작되었다. 그리고
찢어지듯 바이올린이 하이 포지션으로 이동하며 음악이 시작된다.
아이스링크에서는 음향 때문에 악기에 핀마이크가 달려있다. 그 결
과 〈리베르탱고〉의 도입은 더욱 기계적이면서도 매력적인 음악이
되었다. 보통 악기로는 낼 수 없는 기계적인 음이 이 곡에 너무나도
잘 어울렸다. 나의 카덴차오케스트라 협연중 오케스트라는 쉬고 솔로 악기 혼
자만 연주하는 부분 동안 막심 스타비스키 선수는 자신의 매력으로 모
든 관중을 매혹시켰고, 카덴차가 끝나고 모두에게 익숙한 그 비트
의 멜로디가 오케스트라에서 시작되었다. 오케스트라의 시작과 함

께 알베나 덴코바 & 막심 스타비스키의 듀엣이 시작되었다. 넘쳐나는 열정 그리고 사랑. 두 선수도 나도 모든 걸 그 짧은 시간에 담아냈다. 관중들은 1초 1초가 지날수록 더욱 흥분하고 우리가 하는 모든 것에 반응해주었다.

사람들의 우레 같은 박수소리는 날 너무도 행복하게 만들어주었다. 그리고 마지막으로 김연아 선수의 〈죽음의 무도〉.

우리나라 사람이라면 모두가 좋아하는 김연아 선수가 얼음 위로 미끄러지며 나타나자 관중은 목이 쉬어라 환호해주었고 김연아 선수도 음악도 준비가 끝났다. 자, 시작이야!

10분 정도 되는 긴 원곡을 김연아 선수의 프로그램에 맞게 편집한 것이다. 어떻게 보면 재미있고 중요한 부분만 편집했기 때문에 듣기에 더 편하고 좋다. 다르게 표현하면 영화나 책의 하이라이트만 보는 느낌이랄까? 하지만 어느 곡보다도 긴장되는 곡이다. 여기 모인 모두가 김연아 선수의 〈죽음의 무도〉를 보기 위해 온 것이고 생방송에서도 이것을 제일 중점적으로 보여줄 것이기 때문이다.

But! 내가 누군가. 나는 언제나 위기에 강하다. 나의 내성적인 성격 어디에서, 일명 깡다구가 나오는지 나도 궁금하다. 내 바이올린 연주의 한 음 한 음, 아이스링크 위 김연아 선수의 동작 하나 하나. 아마 김연아 선수도 심적 부담이 컸을 것이다. 한국에서 선보이는 첫 〈죽음의 무도〉였으니. 자칫 잘못하면 정말 '죽음의 무도'가 될 수도 있는 일이라 나와 김연아 선수 모두 할 수 있는 만큼 열심히 잘했다. 터질 듯한 갈채가 아이스링크를 메웠고, 피겨스케이팅과 접목시킨 첫 라이브 오케스트라 협연 역시 그렇게 잘 마무리되었다.

어떤 연주든 쉽기만 한 연주는 절대로 없다. 어느 연주든 불편하고 어려운 점이 한두 가지가 아니다. 하지만 생방송은 그런 요소에 어마어마한 심적 부담이 더해진다. 그렇지만 지나고 보면 재미있는 이야깃거리가 생긴다는 장점이 있으니 플러스 마이너스 해서 제로가 되는 건가?

만남Kulik

아이스쇼 리허설을 하고 내려왔는데 관중석에 그가 앉아 있었다. 두근두근. 말을 걸어볼까, 말까 망설이다 다가갔다. 내성적인 내 성격을 보자면 상당한 용기를 낸 것이다.

"즈드라스트부이쩨, 일랴! 민야 자불 원진. 야 살리스트까 스크리빠취까 브 에땀 쇼."

"Здраствуйте, Илья! Меня завут Вон-Чжин. Я скрипачка солистка в этом шоу."

"일리아! 안녕하세요. 저는 원진입니다. 이번 아이스쇼의 솔로이스트–바이올리니스트입니다."

나를 소개하고 이야기를 나누는 동안 심장이 밖으로 나오는 줄 알았다. 러시아 텔레비전에서 보던 사람을 한국에서 만나 이야기를 나누다니…. 나는 그에게 한국에 온 것을 환영한다고 하고 모스크바에서 살 때 그가 빙판 위를 누비는 것을 쭉 보아왔다고 이야기했다. 오랜만에 러시아어로 이야기할 수 있어 행복했다. 피아니스트

동생이 있는데 나중에 동생과 함께 사진을 찍어도 되느냐고 물었더니 아주 흔쾌히 승낙해주었다.

그리고 이어 뒤를 돌아보니 김연아 선수의 안무를 맡은 데이비드 윌슨David Wilson과 미셀 콴이 있는 게 아닌가. 아이쿠! 누군가에게 다가가 함께 사진을 찍자고 부탁한 것은 아이스쇼에서 만난 이 세 사람이 거의 처음이자 마지막인 것 같다.

다른 스타들과 함께 일하고 한 공간에서 연주해도 사진을 찍자고 부탁하지 않는 성격이지만 이 사람들이 누구인가! 나의 청소년기를 온전히 보낸 모스크바에서 내가 즐겼던 취미의 주인공들이자 나의 아이돌 같은 존재들 아닌가!

일리아 쿨릭과 찍은 사진은 두번째 날 일리아가 공연을 끝내고 나오는 그때 만나서 찍은 것 같은데…. 이런~ 내 기억력하고는….

연주

생방송으로 진행된 첫날은 다들 어떤 정신으로 연주했는지 기억도 나지 않는다. 그저 내 차례가 되면 무대에 오르고, 그리고 무대 위에서 묵묵히 버텨내고….

하지만 마지막 날은 이제 모든 것에 적응해서 나를 포함해 모두가 여유로워지고 농담도 늘 정도로 편안해졌다. 뭐든 마지막은 평온하다.

어떤 일이든 적응한다는 것은 무서운 일이다. 언제나 느끼는 것이지만 연주는 약간의 긴장감을 가지고 있을 때가 제일 좋다. 두려움이 아닌 긴장감은 음악이 늘어지거나 지루해지는 걸 막아주고 음악이 가지고 있는 생생함을 전달해줄 수 있다고 믿는다.

링크에서 보낸 3일은 이 링크에서 사는 사람들이 얼마나 힘들고 어렵게 훈련하는지 몸소 체험할 수 있는 시간이었다. 다른 연주자들보다 독특한 환경에서 연주할 기회가 많아, 지금 행복하다. 그 경험 모두 무엇과도 바꿀 수 없는 너무나도 소중한 추억이고 재산이니까.

로망스

L.v.Beethoven—Romance No. 2 in F major Op. 50

〈베토벤 바이러스〉 섭외

행운의 여신이 존재한다면 아마도 사돈의 팔촌보다는 가까운 사이일 것이다. 한국에 귀국하자마자 정말 특별한 제의가 들어왔다. 클래식을 소재로 한 드라마를 만들 예정인데 같이 참여해볼 생각이 있느냐는 것이었다. 평소 클래식이 조금 더 대중화되었으면 하는 생각을 가지고 있던 나는 기꺼이 동참하기로 했다. 그것이 바로 2008년 방영되었던 MBC 드라마 〈베토벤 바이러스〉다.

다행히 내가 하는 일은 녹음실에서 사는 것이었다. 즉 드라마 〈베토벤 바이러스〉에 나의 소리가 나간 것이다. 아, 드라마 1회에 여주인공 두루미이지아의 잘 나가는 동창으로 설정되어 연주회 포스터와 연주장면이 잠깐 나가긴 했다. 아무튼 나는 드라마에 들어갈 여자주인공 두루미의 선곡 리스트가 나오면 일산 MBC 녹음실 부스에 '강금'당했다. 물론 강금은, 자발적이었다.

처음 내가 이 드라마를 위해 낸 '소리'가 베토벤L.v.Beethoven 〈로망스 2번Romance No. 2 in F major Op. 50〉이다. 구름도 없이 달 밝은 밤,

사랑하는 이라고 부를 수 있는 당신 때문에
정말 행복합니다.

저의 사랑 모두를 드립니다.
그러니 당신도 행복하길.

사랑하는 사람에게 연주해주었을 것 같이 청아한 이 곡은 말도 안 되게 쉽지만, 베토벤이 가장 사랑하는 작곡 기법인 '스케일과 아르페지오'의 쉽지 않은 음정들 때문에 아무리 연주를 잘해도 어필하기 쉽지 않은 곡이다. 하지만 어쩌랴, 연주자는 언제나 주어진 곡의 가장 좋은 상태를 들려주어야 한다! 대본도 읽고 녹음 중간중간 음악감독님, 드라마감독님과 상의하며 그 곡을 연주하는 두루미의 마음을 담아보았다.

빈대떡 신사

    드라마 〈베토벤 바이러스〉를 하면서 정말 황당했던 녹음이 하나 있었다. 아마 얼마 안 되는 내 연주 인생, 아니 바이올린을 잡은 이후로 가장 황당한 곡이었을 것이다. 이 글을 보고 혹 누군가가 이 곡을 다시 연주해달라고 요청한다면, 아마도 난 많이 망설일 것이다. '나 참, 어떤 곡이기에 이렇게 말이 많은 거야?'라고 궁금해할 텐데, 그 곡은 바로 〈빈대떡 신사〉다.

    클래식 연주자에게 우리나라 트로트를, 그것도 무반주로 연주하라니. 지금 생각해도 참 어이없는 일이다. 그러나 나는 프로. 프로는 할 수 있는 것만 하는 것이 아니라 해야 하는 것을 제대로 해내야 한다. 〈빈대떡 신사〉 역시 제대로 연주해냈다.

    이 곡을 녹음하면서 '나도 한국인이구나!' 하고 느꼈다. 그렇게 오랜 시간을 모스크바에서 살아서 전혀 듣지도 않았던 트로트인데, 아~주 깔끔하게 소화해내 주변 분들은 물론 나 스스로도 신기했다. 역시, 난 한국 사람이야!

첫방송

두둥~! 드디어 그날이 오고야 말았다. 〈베토벤 바이러스〉의 첫 방송 일.

나는 원래 내 연주를 듣거나 내 연주 모습을 보는 걸 싫어한다. 왠지 쑥스럽고 나 같지 않아서…. 아무리 화면에 내 모습이 나오지 않는다지만 나의 분신 같은, 어쩌면 나보다 더 나인 내 소리가 고스란히 담겨 있다고 생각하니 심장이 쿵쾅거리기 시작했다. 학교 수업과 또 다른 스케줄 때문에 지방에서 엄마와 함께 텔레비전 앞에 앉았다. 익숙한, 아니 내게 이미 익숙해진 드라마의 시작을 알리는 음악이 시작되었다. 이미 시나리오를 다 읽어서 어느 장면에 어느 음악이 나온다는 걸 알면서도 왜 이리 떨릴까?

앗! '내 포스터'가 나오고 '내 소리'가 들려오기 시작했다. 그와 동시에 부르르~ 울리는 내 핸드폰. 문자가 속속 들어오기 시작했다.

'원진! 소리 예쁘다!'

'야~ 네 소리 티비에 나오니 신기해!! ㅎㅎ'

월간 〈더뮤직〉 해외 젊은 연주자 초청 연주회 - 러시아
2008. 1. 21Mon 7:30 Pm
세종문화회관 세종체임버홀
Elgar
Tchaikovsky
박태준
Liszt
Violinist
송원진
&
Pianist
송세진
Concert
주 최 | Koreaculture
후 원 | 월간
회 원 권 | S석 30,000원 일반석 20,000원

첫 방송을 본 친구들과 지인들이다. 얼떨떨해하면서, 또 땀이 날 정도로 손을 꽉 쥔 채로 시간이 흘렀다. 그리고 드라마 첫 화가 끝났다.

드라마가 끝나고 나니 조금 아쉬웠던 부분들이 생각났다. 하긴, 뭐든 언제나 끝나면 조금씩은 아쉬운 것. 그러니 다음에는 좀더 잘해야지!

황제

L.v.Beethoven—Piano Concerto No. 5 in E flat major ("Emperor"), Op. 73

−광복 60주년 기념 콘서트

내 생애 가장 떨리는 연주회는 모스크바에서 제일 크고 유명한 콘서트홀 가운데 하나인 '차이코프스키 콘서트 홀'에서 연주한 〈광복 60주년 기념 콘서트〉. 연주가 있기 바로 전 미국에 다녀올 일이 있어 협연 10일 전에야 모스크바로 돌아왔다. 고로 나는 한 번도 연주해보지 않은 베토벤 피아노 협주곡 5번 〈황제Piano Concerto No. 5 in E flat major <Emperor>, Op. 73〉를 단 열흘 만에 준비해 무대에 올라야 했다. 이미 베토벤 피아노 협주곡 5번 〈황제〉를 프로그램으로 정했고, 오케스트라에도 통보한 상태였기 때문에 곡을 바꾸는 것은 있을 수 없는 일이었다.

〈황제〉를 〈광복 60주년 기념 콘서트〉를 위해 꼭 연주하고 싶었던 이유는 곡의 제목 때문이다. 일제강점기 전에 대한제국에는 '황제'가 있었고, 해방되면서 대한민국에 황제는 사라졌지만 빼앗긴 주권을 다시 찾아왔다는 의미를 담고 싶어서였다. 또한 베토벤은 나폴레옹 시대 사람으로 오케스트라를 위한 교향곡 3번 〈영웅

Eroica Op.55〉 등을 비롯해 조국에 대한 사랑을 음악으로 표현한 작곡가다.

〈황제〉는 피아노 협주곡의 대곡 가운데 대곡으로, 1악장만 해도 모차르트의 짧은 피아노 협주곡 1, 2 ,3악장 전체를 합친 분량과 맞먹는다. 〈황제〉는 클래식 시대의 작곡가 베토벤의 곡답게 간결하면서도 웅장하다.

2005년 7월 3일, 모스크바 차이코프스키 콘서트홀에서 〈광복 60주년 기념 콘서트〉가 열렸다. 차이코프스키 콘서트홀은 1800명의 청중이 앉을 수 있는, 모스크바에서도 아주 큰 연주 홀 가운데 하나다. 차이코프스키 콩쿠르도 우리 학교이기도 한 차이코프스키 음악원의 큰 홀과 작은 홀, 그리고 이곳 차이코프스키 콘서트홀에서 열린다.

나는 그 해 한국문화예술진흥원현 한국문화예술교육진흥원의 '신진예술가'로 선정되었다. 그 덕에 후원을 받아 한국의 광복 60주년을 기념하는 연주회에 모스크바 시민을 초대할 수 있었다. 언니와 나는 대기실에 있어서 몰랐는데, 연주회가 끝나고 엄마에게 들으니 연주가 시작되기 전부터 얼마나 많은 사람이 몰려들었는지 오픈하지 않은 홀 안쪽에서도 사람들의 온기가 뜨겁게 느껴졌다고 하셨다. 콘서트홀 문을 열자마자 사람들이 그야말로 '구름처럼 밀려든다'라는 표현처럼 그렇게 인파가 몰려들어 큰 소리로 자리다툼을 벌였단다. 또 콘서트에 온 친구의 말을 들으니 급기야 초대권이 암표로 팔리기까지 했다고 한다.

프로그램 1부에는 베토벤의 〈에그몬트 서곡<Egmont> . Overture op.84〉과 언니의 파가니니Paganini 바이올린 협주곡 2번 〈라 캄파넬라 Violin Concerto No.2 B minor <La Campnella>, Op. 7〉 그리고 2부가 베토벤 피아노 협주곡 5번 〈황제〉였다. 오로지 내 심장 소리만 들릴 뿐, 머릿속은 백지마냥 아무 것도 기억하지 못했다. '어떻게 해야 2부에서 〈황제〉를 무사히 칠 수 있을까?'라는 걱정밖에 없었다. 이런 극한 상황에서 초능력이 발휘되는 것일까?

결과적으로 연주를 성공리에 마쳤다. 커튼콜을 받고, 지휘자와 1부에 연주했던 언니와 함께 무대인사를 했다. 나는 거의 모든 연주에서 내가 어떤 생각을 하며 연주했는지 기억하는 편인데, 짧은 준비기간에 따른 부작용인지 그날의 협연에서는 내가 무슨 생각을 하며 연주했는지 하나도 기억나지 않는다. 그래도 중요한 것은 청중과 지휘자, 오케스트라 모두 만족할 연주를 선보였으며, 한국의 역사 한 조각을 모스크바에 알렸다는 것이다!

아마 러시아 모스크바에서 한국인이 연주한 연주회에 이렇게 많은 청중이 몰린 일은 전에도 후에도 없을 것이다. 이건 그야말로 한국인 음악가로서는 큰 사건임에 틀림없다.

이 연주회가 끝난 다음 날, 꽃다발을 보내신 대사님을 대신해 공사님이 한국을 빛내주어 감사하다며 점심을 사주셨다.

불멸의 사랑 이야기

*

전주 한옥생활체험관은 특별한 곳이다. 나와 내 동생의 이름이 들어 있는 프로그램 〈송원진·송세진이 들려주는 불멸의 사랑 이야기〉를 3년째 이어오는 곳이다. 한국에 왔을 때 한옥에 매료되어 한국의 가장 오래된, '클래식적'인 한옥에서 서양의 가장 오래된 음악인 클래식을 연주하면 참 신기하면서도 특이하고 재미있을 거라고 생각했다. 그런 꿈이 현실이 된 전주 한옥생활체험관은 그래서 더욱 특별한 곳이다.

전주는 부모님의 고향이고 많은 친척이 살고 있어서 방학에 한국에 올 때마다 꼭 가는 곳이다. 내 기억 속의 전주는 하나도 변한 것이 없다. 처음 한옥생활체험관에서 만난 한옥마을. 인상적인 전동성당과 경기전, 아담하고 귀여운 집들. 기와와 나무 그리고 한지가 숨쉬는 정말 멋스러운 공간이었다.

〈송원진·송세진이 들려주는 불멸의 사랑 이야기〉가 열린 한옥생

활체험관은 3월도 무지 춥고 4월도 무지 춥고 5월도 그다지 따뜻하지 않다. 그리고 너무 더운 여름 두 달 정도가 지나면 또 9, 10월부터 무지 춥다. 저녁 야외연주라 어쩔 수가 없다.

비가 오지 않는 한 우리는 한옥이 만들어준 'ㄷ'자 공간인 마당에서 연주한다. 어슴푸레해지는 저녁시간, 밤하늘에는 별들이 반짝이고 추위 때문에 피운 모닥불이 타닥거리며 타들어가는 소리를 들으며 그렇게 자연과 하나가 되어 연주를 한다.

비가 오거나 해서 정말 어쩔 수 없는 상황이 되면 대청마루로 오른다. 대청마루에서의 연주도 매력적인데, 그건 청중과 우리 사이가 정말 말 그대로 엎어지면 코 닿을 정도로 가깝기 때문이다. 내가 코를 훌쩍거리거나 눈을 찡그리는 것, 또 숨쉬는 소리까지도 다 보이고 들릴 것 같다. 그만큼 가까운 거리에서 청중은 연주자를 뚫어지게 쳐다보고, 나는 민망해서 시선처리를 어떻게 해야 할지 조금은 당황스러워지는 그것이 대청마루 연주의 매력이다.

*

연주를 하면서 청중을 보고 가끔 부러울 때가 있다. 나는 추워서 곱아진 손을 불어가며 관절들이 뻐거덕 소리를 내며 비르투오소 virtuoso를 연주하는데, 청중들은 담요를 덥고 뜨거운 차를 호호 불어 마시며 연주를 들을 때다. 물론 추위 속에서 연주를 들으시는 것도 편한 일은 아니겠지만, 그래도 연주하며 보는 청중들의 모습은 굉장히 낭만적이다. 나는 그 앞에서 추위로 펴지지 않는 손가락들과 사투를 벌이는데….

첫 시즌에서 기억하는 건 〈송원진·송세진이 들려주는 불멸의 사랑 이야기〉 시작과 함께, 바로 〈베토벤 바이러스〉 작업이 같이 진행된 것이다. 그래서 완전히 극과 극의 장소에서 연주하게 되었다. 〈베토벤 바이러스〉는 꽉 막힌 부스 안에서 답답하게 연주해야 했지만 한옥체험관은 모든 면이 열린, 탁 트인 공간이어서 호흡하기가 너무 좋았다.

3년 동안 21번의 연주회를 연 한옥생활체험관에서의 〈송원진·송세진이 들려주는 불멸의 사랑 이야기〉 연주 곡 가운데 가장 기억에 남는 두 연주다.

2008. 5. 10. 20:00
Beethoven - violin sonata 7
Bach - Air sul G
Tchaikovsky - Melody op.42. no.3
Tchaikovsky - Scherzo op.42 no.2

*

아뿔싸! 연휴가 있는 주의 고속도로를 생각 못 했다니. 한국에서 살던 때는 호랑이가 담배 피던 시절이어서 연휴의 고속도로가 그렇다는 사실을 몰랐다. 서울에서 12시에 출발해 한 번도 달려보지 못

자연이 있는 곳에 내 마음이 있고,
청중이 있는 곳에 내 손이 있다.
나는 이제 여기에 없을 테지만 내 추억은
항상 나와 있을 것이다.

한 고속도로를 계속 기어갔다. '내가 고속도로에 있는 건 맞아? 이거 저속도로지?'

한옥체험관에 도착하니 저녁 8시였다. 8시간, 8시간, 8시간! 전주까지 이렇게 멀었나? 자책을 해도 이미 벌어진 일. 세진이가 먼저 들어가 이미 자리를 잡은 청중들과 인사도 하고 이야기도 나누고, 나는 8시간 동안의 운전으로 벌벌 떨리는 손으로 활과 악기를 잡고 무대로 올랐다. 앞으로 다섯 달은 무슨 특별한 일이 생기지 않으면 하루 전날 전주에 미리 와 있을 것 같은 예감이 든다. 이렇게 후덜덜 떨리는 손으로 연주한 적은 추워서 떨었던 때 빼고는 처음이다.

*

우리 사이에는 우리가 무언가를 위해 연주하면 반드시 이루어진다는 암시가 존재한다. 2002년 월드컵 때도 성공적인 개최를 위해 모스크바에서 〈2002 한일월드컵 성공개최 연주회〉를 열었다. 2002 월드컵은 한국인이라면 평생 잊을 수 없는 사건이다. 그뒤로는 월드컵을 위한 연주는 없었는데, 지난 2010 남아프리카 공화국 월드컵의 그리스전 경기와 전주 한옥마을 연주날짜가 겹쳤다.

한옥생활체험관에서는 30분 일찍 연주를 시작하고 연주 후 큰 스크린으로 다 함께 경기를 관람하자고 했다. 우리는 흔쾌히 승낙했다. 그런데 하필 그 달 곡이 시즌 3 중 가장 슬픈 곡이었다. '어떻게 하지?' 고민 끝에 마지막 달의 가장 즐거운 곡과 바꾸었다. 그리고 화려한 앙코르까지 준비했다. 우리는 '붉은 악마' 티셔츠를 입고 즐겁게 우리나라의 승리를 소원하며 연주했다.

결과는 당연히 우리가 그리스를 2:0으로 이겼다. 첫 경기부터 잘 풀린 우리나라는 사상 첫 원정 16강에 진출했다! 움하하핫, 우리가 연주하면 반드시 이루어져! 우리는 계속 이렇게 생각할 것이다.

*

2010년 7월 초 KBS 〈클래식 오디세이〉 작가님께서 전화를 주셨다. 평창으로 찾아가는 음악회를 촬영하는데 같이 하지 않겠느냐고. 그렇게 동행한 곳이 평창에 있는 계촌초등학교다.

그곳은 아주 작은 분교인데 전교생이 모두 악기를 배워 오케스트라를 만들었다. 고사리 같은 작은 손으로 바이올린·첼로·콘트라베이스를 연주하는 모습이 너무 귀여웠다. 그리고 〈클래식 오디세이〉 촬영을 위해 새벽부터 학교에 나와 연습하고 또 연습하고, 밥 먹고 또 연습하고…. 그러는 사이 쉴 때는 교실바닥에 앉아서 자기들끼리 모여 쉬고.

아침 일찍부터 서울에서 온 방송국팀이 무대를 다 만들고 리허설 준비를 했다. 방송국 리허설은 항상 두 가지다. 카메라리허설과 음향리허설. 그런데 갈 때부터 심상치 않던 날씨가 까탈을 부리기 시작했다. 뚝뚝뚝… 빗방울이 떨어지기 시작한 것이다. 천막을 치긴

했지만 다른 건 몰라도 습기에 아주 민감한 바이올린 때문에 걱정이 컸다. 그런 걱정을 하늘도 알아주신 것인지 잠시 비가 그쳤다.

후다닥~ 빛의 속도로 학교건물에서 운동장에 있는 무대까지 뛰었다. 모든 곡을 다 맞춰본 것도 아닌 어정쩡한 리허설이었다. 하지만 어쩌랴. 비가 오면 안 되고 나 말고도 맞춰야 할 팀이 많은 걸. 리허설 걱정 때문에 점심은 물론 저녁도 제대로 먹지 못하고 그렇게 연주회는 시작되었다.

오프닝은 계촌초등학교 오케스트라가 열었고, 바로 다음이 우리 차례였다. 비는 오지 않지만 공기는 눅눅하고 바닥에서 올라오는 습기 때문에 악기가 걱정됐다. 연주 후에는 또 빛의 속도로 학교 건물로 달렸다. 8월 초의 녹화 연주지만 저녁이고 게다가 산중턱의 비가 오는 날이어서 꽤 쌀쌀하고 아주 습했다.

다행히도 우리 연주 때는 비가 한 방울도 오지 않았지만 이후 바로 내리기 시작한 비가 제법 거셌다. 비를 피해 들어온 아이들은 풀

죽은 모습으로 내게 연주를 아주 잘한다며 칭찬했다. 연주 전 아이들의 표정은 자신들의 연주가 세상 최고라는 자신감을 가지고 있었다. 그런데 아마도 내 연주를 듣고 '바이올린이 이런 걸 할 수도 있구나'라고 느낀 모양이다. 연주할 때는 몰랐는데 나중에 방송을 보니 앞쪽에 앉은 계촌초등학교 아이들이 연주하는 나를 뚫어져라 응시하고, 바이올린을 연주하는 내 손동작을 따라하며 즐겁게 집중하며 보고 있었다.

우리의 다음 연주가 전주여서 연주회가 끝나자마자 모두와 인사하고 부랴부랴 차를 몰았다.

*

사실 우리의 만남이 여기서 끝나는 줄 알았는데, 얼마 전 계촌초등학교 교장선생님께서 전화를 주셨다. 2018 평창 동계올림픽 유치를 위해 2011년 2월에 평창에서 음악회를 하시는데 우리를 초대

하고 싶으시다는 것이다. 〈클래식 오디세이〉에서 들으신 엔니오 모리코네Ennio Morricone의 〈사랑의 테마Love Theme〉가 너무 아른거리셔서 우리와 함께 음악회를 하고 싶으시단다.

우리도 흔쾌히 동의했다. 이렇게 좋은 일에는 당연히 참여해야 한다. 그래야 또 이루어질 테니까, 믿음이 현실이 될 테니까!

우리와 계촌초등학교 어린이들은 또 하나의 꿈을 향해 연주한다. 그 꿈을 향해 함께 걸어가고 달려간다. 우리가 바라보는 것은 오직 우리가 도달할 그곳뿐이다.

과수원길

*

우리는 한국동요를 편곡해서 연주하는데, 이는 클래식 음악의 일부이기도 하다. 19세기 낭만주의 때부터 내려오는 전통으로, 작곡가마다 고국의 멜로디를 사용해 작곡해왔다. 우리에게 가장 친숙한 동요 역시 클래식의 한 장르로 자리 잡을 수 있기를 바란다.

한옥과 클래식
시즌 1 〈송원진·송세진이 들려주는 불멸의 사랑 이야기〉
시즌 2 〈송원진·송세진이 들려주는 불멸의 사랑 이야기〉
　　—한 달 후에 일 년 후에
시즌 3 〈송원진·송세진이 들려주는 불멸의 사랑 이야기〉
　　—NEOROMANTICISM

한옥과 클래식. 사람들은 한옥과 클래식이라는 콘셉트가 굉장히

새롭다고 생각한다. 하지만 언니와 나는 한국에서 가장 오래된 클래식과 서양에서 가장 역사가 깊은 클래식을 결합시켜 놓았을 뿐이라고 생각한다.

한옥과 클래식. 처음에는 다들 이해할 수 없다는 표정으로 한옥과 클래식의 결합에 의아해했지만, 지금은 가장 매력적인 연주회 콘셉트로 받아들이고 있다.

*

초등학교 5학년 때부터 모스크바에서 살아서인지 한국 사람들은 내게 러시아의 특징, 러시아 음악의 성격을 설명해달라고들 한다. 처음에는 그럴 때마다 난감했다. 어려서부터 오랫동안 러시아에서 살아왔기 때문에 러시아의 문화와 생활은 내게 너무나 당연하고 자연스러운 것이라 독특하고 다른 그 무엇이 아니었다. 도리어 나는 한국적인 것이 더 특이하고 신기했다. 한국에서의 생활이 익숙해진 지금은 양국의 차이점이 보인다.

한국 사람들이 한국의 멋을 너무도 당연하게 받아들이는 것처럼 나는 러시아의 문화와 러시아의 전통적인 멋을 당연하게 받아들여 왔다. 그러다가 새삼스럽게 접하게 된 한국의 미美. 나는 그 한국만의 아름다움이 정말 아름답고 독특하다고 느낀다.

한국인이면서 한국 사람과 다르게 한국의 아름다움을 느끼게 되는 이런 현상은 외국에 오래 산 한국인이라면 누구에게나 일어나는 일이다. 고속도로를 달리면서 만난 나지막한 산들의 능선과 한옥의 섬세함은 이루 말할 수 없이 곱다. 여기서 한옥 속의 클래식이라는 콘셉트가 잡히기 시작했다.

*

한옥 대청마루에서는 국악만이 울려퍼져야 할 것 같은가? 하지만 전주 한옥생활체험관의 〈송원진·송세진이 들려주는 불멸의 사랑 이야기〉에 한 번이라도 왔던 청중이라면 기와로 둘러쳐진 담장, 평상이 놓여있는 마당, 소담스러운 꽃이 피어있는 작은 무대, 그 무대에서 연주되는 클래식이 그 모든 것과 얼마나 잘 어울리는지 감탄하게 된다. 그리고 클래식 연주장소에 대한 선입견의 벽이 무너진 것에 놀란다.

바흐J.S. Bach, 베토벤L.v.Beethoven부터 20세기 소나타에 이르기까지 아무리 어려운 곡을 연주해도 그곳 한옥에, 그 공간에 있는 청중은 이 모든 곡은 이해해준다. 우리는 그렇게 청중과 소통할 수 있다. 공감의 침묵으로, 음악을 위한 해설로. 연주자로서 관객에게 이렇게나 가까이 다가간다는 것은 부담스러운 일이기도 하지만 관객의 입장에서는 연주자를 이렇게까지 가까이서 본다는 것 때문에 더 좋아해준다. 그래서 우리와 관객 사이에는 더 많은 공감이 만들어진다.

〈송원진·송세진이 들려주는 불멸의 사랑 이야기〉

세상을 살아가는 사람이라면 누구에게나 '사랑' 이야기가 있다. '사랑'은 꼭 연인에 대한 사랑만은 아니다.

하나님에 대한 사랑.

부모님에 대한 사랑.

자식에 대한 사랑.

욕망에 대한 사랑.

내 악기에 대한 사랑.

'사랑'이야말로 인간의 본질이라고 생각한다. 그 사랑 가운데서도 시대와 공간을 뛰어넘는 사랑이 있으니, 바로 예술에 대한 사랑이다. 400년이 지난 지금도 바흐의 음악이 끊이지 않고 연주되는 것도 청중과 연주자들이 바흐의 음악을 '사랑'하기 때문이다.

그래서 오늘도 우리는 무대에 선다. '불멸의 사랑 이야기'를 들려주기 위해서.

〈송원진·송세진이 들려주는 불멸의 사랑 이야기〉 시즌 1에서는 베토벤이 작곡한 바이올린 소나타가 열 곡인데, 그 열 곡 L.v.Beethoven Ten Sonatas for Voiloin & Piano을 완주했다. 첫 시즌에 베토벤을 선택한 것은 언니가 베토벤의 사랑을 주제로 한 〈불멸의 연인〉에서 영감을 얻어 〈불멸의 사랑 이야기〉라는 우리 연주회의 타이틀을 만들었기 때문이다.

베토벤 바이올린 소나타는 바이올린과 피아노를 위한 앙상블곡인데 피아노 부분이 어마어마하다. 그래서 많은 피아니스트가 베토벤의 바이올린 소나타를 연주하느니 피아노 소나타를 연주하겠다고 할 정도다. 그만큼 피아노 솔로가 연습해야 할 분량이 많다.

〈송원진·송세진이 들려주는 불멸의 사랑 이야기〉 시즌 2에는 프랑스 작가 사강Françoise sagan의 소설 제목 〈한 달 후에 일 년 후에 Dans un mois, dans un an〉를 부제로 붙였다. 그리고 프랑스 작곡가 드뷔시C. Debussy · 라벨M. Ravel · 생상C. Saint-Saëns · 풀랑크F. Poulenc 등의 곡과 비록 프랑스인은 아니지만 파리에서 활동한 작곡가 쇼팽F. Chopin · 리스트F. Liszt 등의 곡을 연주했다.

〈송원진 · 송세진이 들려주는 불멸의 사랑 이야기〉 시즌 3은 'NEO ROMANTICISM신낭만주의'이라는 부제를 달고 쇼팽과 슈만R. Schumann 탄생 200주년을 기렸다. 〈헝가리 랩소디 Hungarian Rhapsody〉를 비롯해 리스트의 거의 모든 레퍼토리를 연주했다.

*

2008년부터 전주 한옥마을에서 3월에서 10월까지 두번째 주 토요일에 있었던 〈송원진 · 송세진이 들려주는 불멸의 사랑 이야기〉. 매달 레퍼토리를 바꾸는 작업이 만만치 않았다. 그리고 매달 새로운 곡을 연주했기 때문에 외워야 할 악보도 만만치 않았고, 언니와 함께 앙상블 연습할 시간도 부족했다. 언니와 나는 한 집에 살면서도 너무 바쁜 나머지 둘이 함께해야 하는 앙상블 연습시간을 서로 예약해놓을 정도다.

한 곡 한 곡 그 모든 곡마다 만들어진 배경과 역사가 있는 것은 당연하다. 하지만 곡이 만들어지는 과정의 이야기가 아니라 그 곡이 지니고 있는 이야기가 있다. 악보를 열면 수많은 음밖에 보이지 않겠지만, 음악가에게 이 음들은 단어와 같다. 우리는 무대에 올라 '연주'를 하는 것이 아니라 '이야기'를 한다. 우리는 청중과 '대화'하는 것이다.

'슬픔'이라는 말을 하지 않아도 몇 개의 화음으로 '슬픔'을 전달할 수 있다. 때문에 나는 악보를 '읽는다'고 표현한다. 마치 한 권의 책을 읽는 것처럼. 그리고 다른 사람에게 내가 읽은 이야기를 전해준다. 그래서 음악이 사라지지 않는 한 우리는 계속 더 많은 이들에게 '불멸의 사랑 이야기'를 전할 것이고, 우리도 그렇게 평생 '불멸의 사랑 이야기'와 함께하고 싶다.

왈츠—스케르초

П. И. Чайковский — Вальс-Скерцо соч.34

G20

*

　만약 누군가 당신에게 전화를 걸어 청와대라고 한다면 당신은 어떤 반응을 보일까? 우리의 반응은 '사기 아니야?' 요즘 세상이 너무 험해서 그런지 느닷없이 그런 전화를 받으니 '설마'라는 생각뿐이었다. 그러나! 전화내용은 사실이었고, 우리는 G20을 위해 방한한 드미트리 메드베데프Дмитрий Медведев 러시아 대통령을 위한 연주를 하게 되었다. 급작스럽게 잡힌 연주일정은 정확히 10일 후였다. 항상 연주 때마다 고민하는 문제, 어떤 곡을 할 것인가. 우리는 러시아 대통령을 위해 차이코프스키П. И. Чайковский를 연주하기로 결정했다.

　'차이코프스키의 〈왈츠–스케르초Вальс-Скерцо соч.34〉.'

　연주는 8시였지만 리허설은 3시부터였다. 카메라는 당연히 안 되고, 핸드폰·노트북·USB메모리까지 모두 신청해야 반입할 수 있는 청와대로 향했다. 바이올린까지 스캔을 하고 모든 짐을 다 뒤지

고 몸수색까지 하고…. '한 나라의 대통령이 사는 곳이니 당연하지. 더 심하지 않아서 다행이네.' 모든 수색은 청와대 본 건물에서 떨어진 출입구에서 이루어졌고, 출입구에서 본 건물까지도 경호원이 인솔해서 건물에 있는 경호원에게 인수하는 형식이었다.

청와대 본 건물에 도착하자마자 대기실에 옷과 짐을 풀고 영빈관으로 향했다. 그곳이 우리가 연주할 곳이었다. 연주 외에 우리에게 주어진 임무가 또 하나 있었다. 며칠 전 우리에게 러시아어로 연주할 곡명과 짧은 인사를 해달라는 것이었다. 동선 체크하고 마이크와 음향 체크하고, 멘트까지 연습했다.

먼저 세진이가 러시아어로 이야기를 하면 내가 그것을 한국어로 반복하는 것이었다. 멘트는 리허설 시작 때부터 연주 나가기 직전까지 시시각각 변했다. 한 줄이 늘기도 하고 한 줄이 줄기도 하고. 아마도 연주하면서 함께 멘트하기, 다양한 방식의 인터뷰 등을 해오지 않았다면 그날 시시각각 변하는 상황에 적응하지 못하고 많은 실수를 했을 것이다. 그렇다고 실수가 없었던 것은 아니지만, 그건 아주 귀여운 애교였으니 빼고. 이 애교(?) 이야기는 잠시 뒤에, coming soon~

*

영빈관 무대에서 바라보면 정면 제일 먼 곳에 큰 테이블이 있었다. 딱 봐도 헤드 테이블이라는 것을 알 수 있었다. '아, 저곳에 앉으시는구나.' 세진이에게도 알려주었다. 세진이는 눈이 나빠 멀리 있는 것이 잘 보이지 않아서, 혹시 드미트리 메드베데프 대통령이 아닌 다른 사람을 응시하고 이야기하면 NG니까. 모든 리허설이 끝났다. 이제 우리가 할 일은 기다리는 것뿐이었다. 대기실에 있는 텔레비전을 보니 러시아 대통령과 우리나라 대통령이 나란히 앉아 기자들과 회견을 하고 계셨다.

연주자에게 기다림은 아주 익숙한 일이다. 사실 그 기다림의 시간이 굉장한 압박이고 신경이 곤두서는 긴장감의 연속이지만 모든 연주자는 어떻게든 그 시간을 즐길 수 있는 자신만의 방법을 터득했을 것이다. 그렇지 않으면 그 긴장감에 눌려 숨조차 쉴 수가 없을 것이다. 연주 전의 기다림에는 말이 많다. 내성적이지만 친한 사람에게는 수다가 너무 많아 탈인 나, 그 순간 나의 수다를 들어줄 사람은 세진이뿐이다. 무대 뒤에서는 우리 둘만 있을 경우가 다반사니까. 세진이는 정반대로 고요히 침묵 속에 있다 무대로 나가는 것을 좋아한다. 우리의 첫인상을 보면 절대 연상할 수 없는 반전이기도 하다.

정말 좋아하는 것이지만 연주 바로 직전에는 절대로 하지 않는 게 있다. 바로 만화책·닌텐도·트위터. 세 가지 모두 내가 연주에 갈 때 꼭 챙기는 물건이지만, 이 세 가지는 내 연주가 끝나고 음악회가 끝나길 기다릴 때 애용하는 것들이다.

언젠가는 긴장감과 압박감 없는 연주가 될 것이라는 오산은 말아야 한다. 모든 대가가 말했듯 라이브는 죽을 때까지, 무대에서 내

려올 때까지 편하게 즐길 수 없는 것이다. 내가 즐기는 순간 청중은 다른 음악을 선택한다. 가끔 긴장감이 느껴지지 않을 때가 있는데, 그럴 때보다는 살짝 긴장감이 있는 날의 연주가 훨씬 좋다. '즐겨라!'라는 말보다는 '편안함을 추구해라!'가 무대에 더 어울린다.

*

대기실 밖이 시끄러워졌다. 무의식적으로 쳐다본 핸드폰이 통화권 이탈을 표시했다. '아, 양국 대통령과 귀빈들이 도착했구나. 신기하다. 영화에서 나오는 일을 내가 겪고 있다니.' 첩보영화에서는 이런 상황에서도 비밀요원이 어떻게든 이곳에 들어오겠지? 머릿속으로 영화의 장면들을 떠올리며 혼자 상상의 나래를 펴고 있는데 스텐바이 하라고 신호가 왔다.

드디어 출발~ 영빈관 문 뒤에 섰다. 크게 심호흡을 하고 세진이에게 말했다.

"Ни пуха ни пера! 니푸하 니페라!"

세진이가 내게 말한다.

"К чёрту! 크 쵸르투!"

직역은 힘들지만 무슨 큰일을 하기 전에 나누는 우리의 액땜 같은 말인데, 러시아 사람들도 흔히 쓰는 말이다. 모스크바에서부터 참 많이 썼던 말인데 우리는 지금도 연주 전 서로에게 건넨다.

안에서 우리를 소개하는 설명이 두 개의 언어로 들려왔다. 이윽고 문이 열렸다. 천천히 들어가 오늘 연주를 위해 만들어진 무대위에 섰다. 앞을 보니 드미트리 메드베데프 대통령과 이명박 대통령이 미소를 머금고 앉아 계셨다.

"Добрый вечер! Уважаемый Дмитрий Анатольевич….."

"도브리 베체르! 우바자엠므이 드미트리 아나톨레비치….."

세진이가 유창한 러시아어로 인사를 시작했다. '근데 오늘따라 왜 한국어 단어가 생각이 안 나지? 오늘 연습도 많이 했는데…..' 사람들은 양국 대통령 앞에서 이야기하는 거라 많이 긴장해서라고 생각하겠지만, 나는 청중 앞에 서서 이야기할 때면 언제나 변함없이 긴장한다. 때문에 도리어 특별히 더 긴장하는 경우는 없다. 내 목소리를 듣는 청중이 누구냐에 상관없이 떨리는 존재이기 때문이다. 그리고 스스로 내 목소리를 굉장히 어색해한다.

결국 모두를 빵, 터지게 하는 귀여운 실수가 벌어졌다. 세진이는 분명 '이 자리에서 연주할 수 있게 되어 큰 영광'이라고 했다. 하지만 영광이란 단어가 김밥 싸서 소풍을 떠났는지 머릿속을 아무리 뒤져도 생각나지 않았다. 그냥 넘길 수도 없고, 그때 갑자기 떠오른 단어가 '행복'이었다. 그래서 세진이가 이야기한 '이 자리에서 연주할 수 있게 되어 큰 영광입니다' 는 '이 자리에서 연주할 수 있어 행복합니다' 로 둔갑했다.

오 마이 갓!

Ох, Боже мой!오 보쥐 모이!

영빈관 안에 양국의 언어를 다 알아들으시는 분들이 크게 웃어주셨다. 나는 활짝 웃었고 세진이도 크게 웃고…. 우리는 우리의 연주를 시작할 수 있었다. 연주는 아주 멋있었다. 연주가 끝나자 모두 우레와 같은 박수를 보내주었다. 길게, 아주 길게. 너무 감사해서 또 한 번 진심으로 감사의 인사를 드렸다.

나중에 메드베데프 대통령이 다가와 러시아어를 너무 잘해서 놀랐고, 연주가 아주 좋았다고 악수를 청하셨다. 야호~ 3일 동안 손 씻지 말아야지! 이명박 대통령도 활짝 웃으시며 잘했다고 뿌듯해하셨다. 살짝 아쉬운 건 부탁을 해서라도 사진을 찍어달라고 하고 싶었는데, 장소가 장소인 만큼 사진을 남기지 못했다. 우리가 원래 사진에 연연하지 않아서 그랬는데, 그렇지만 않았다면 어떻게든 사진을 남겼을 수도 있을 텐데. 그래도 괜찮다. 두 분을 위해, 우리나라를 위해, 러시아를 위해 연주할 수 있었다는 것 하나만으로도 충분하다.

클래식 오디세이

어느 곡이든 중요하지 않은 곡은 없다. 하지만 차이코프스키의 〈왈츠-스케르초〉는 내게 굉장히 중요한 사건이 물려 있는 곡이다. 한국에서는 그다지 많이 알려지지 않은 곡이지만 연주만 하면 반응은 최고인 참 신기한 곡이다. 이 곡은 세진이와 함께 출연한 KBS 〈클래식 오디세이〉 때 연주했다.

〈클래식 오디세이〉는 현재 한국에서 방송되는 유일한 클래식 프로그램인데, 그 프로그램의 PD선생님께서 우리 자매를 촬영하고 싶다고 전화를 하신 것이다. 그러면 어떤 곡을 연주해야 할까? 무엇을 연주해야 많은 사람이 나의 이야기를 들어줄까? 녹화방송이지만 거의 라이브라 잘못하면 실수가 많아질 수 있고, 너무 쉽지도 않으면서 또 너무 흔한 곡도 아니어야 하고…. 고민이 많았다.

작가선생님하고도 통화하며 곡을 추려 나온 의견이 차이코프스키의 〈왈츠-스케르초〉와 라흐마니노프С. В. Рахманинов의 〈보칼리즈 Вокализ〉다.

차이코프스키의 〈왈츠-스케르초〉는 시작과 동시에 업스타카토 활을 눌러 하나씩 끊어서 소리를 내는 방법가 마구 쏟아져 나온다. 업스타카토는 제일 편하게 사용하는 테크닉 가운데 하나지만 업스타카토계의 여신이라 자부하는 나도 이 곡은 왠지 부담스럽다.

그리고 '시작을 했으면 끝날 때까지 쉬지 않는다'는 러시아 곡의 특징 때문인지 단숨에 연주해야 한다. 아니 손이 못 쉬면 머리라도 조금은 쉴 수 있으면 좋으련만 이 곡은 그런 여유조차 없어 첫 음부터 끝 음까지 밧줄 위를 타는 줄타기꾼 같은 기분으로 연주해야 한다.

자연까지 도운 종합예술

촬영은 이틀간 이어졌다. 첫 날은 KBS에 가서 녹음했는데, 우리는 그냥 녹음만 하는 줄 알았더니 차에서 내리는 것부터 촬영하고

녹음하는 모습, 그리고 녹음 후 '방송을 아는 코스모스'가 살랑살
랑 바람에 맞춰 춤추는 한강변에서도 촬영했다.

'방송을 아는 코스모스'라는 것은, 촬영은 8월이었고 방송은 9월
초여서 가을 분위기를 낼 수 있는 무언가가 필요했는데, 그걸 어떻
게 알았는지 한 달이나 일찍 핀 코스모스 덕에 원하는 그림을 얻게
되어 내가 붙여준 이름이다.

그리고 집 앞에서 한강변으로 이어지는 그래피티가 가득한 토끼
굴에서의 촬영을 시작으로 그 다음날 아침 촬영이 시작되었다. 오
후의 메인 촬영은 성북동 이효재 선생님 댁에서였다. 2층으로 그
랜드 피아노를 끌어올리는 것은 물론 그 많은 장비를 들고 올라가
고…. 드라마 촬영 때부터 느꼈지만 정말 방송국 사람들에게는 안
되는 일도, 못하는 일도 없다. 불가능이라는 단어가 존재하지 않
는, 진정 나폴레옹들이다.

덥다고 말하는 것도 억울한 8월 땡볕에서 작업했으니 얼마나 힘

들었을까. 그래서 촬영이나 인터뷰를 할 때면 언제나 많이 웃으려
고 한다. 웃음 바이러스가 그 많은 분들의 노고에 감사하는 마음
을 전하고 그래서 그 분들이 조금이라도 덜 힘드시길 바라서다.

이 역시 세진이가 옆에 없다면 무척 힘든 일일 것이다. 나는 굉장
히 내성적이어서 처음 보는 사람과는 눈도 잘 마주칠 수 없는데 세
진이의 활달한 성격과 귀여운 웃음과 유쾌한 웃음소리는 주위까지
밝게 만드는 능력이 있다.

thanks to…

아나운서와의 인터뷰가 있었다. 그리고 그 전날 녹음한 음원에
맞추어 내 연주에 내가 손싱크를 했다. 이 손싱크 하면서 배우 이지
아 씨가 얼마나 힘들게 〈베토벤 바이러스〉를 촬영했을지가 느껴졌
다. 내가 내 자신의 연주에 손싱크를 해도 이렇게 힘든데 전문인도

아닌 그녀가 감정을 잡아 연기를 하며 손싱크를 한다는 것은 정말 힘든 일이었을 것이다.

언제나 놀라는 것은 연출자의 힘이다. 촬영한 모든 걸 조각조각 맞추어 하나의 그림을 만드는 것, 보이지도 않는 것으로 보이는 것을 만든다는 것… 볼 때마다 놀랍다.

〈클래식 오디세이〉 444회에 방영된 우리의 이야기는 우리의 자유로운 영혼이 그대로 담겼으면서도 너무나도 서정적인 스토리텔링을 가지고 있다. PD선생님·작가선생님·촬영감독님·촬영팀 모두에게 너무너무너무 감사드린다. 못난이 언지니를 이렇게 예쁘게 비춰주셔서~

#2

in Russia

라 캄파넬라

Paganini—Violin Concerto No.2 B minor 〈La Campnella〉, Op. 7

파가니니와 독일 연주여행

어느 곡이든 그 곡의 순간이 있다. 하고 싶은 곡이 있어도 연주회 프로그램과 맞지 않으면 마음속에 가두어 두어야 하고, 아무리 '절대 하고 싶지 않아!'라고 외쳐도 의뢰가 들어오고 그래서 꼭 할 수밖에 없는 곡도 있다.

나는 내가 살면서 '파가니니'라는 작곡가의 곡을 연주할 거라는 건 꿈에도 생각지 못했다. 그런데 "Никогда не говори 'Никогда'! Never say Never!" 라고 했던가….

4학년이 끝날 즈음, 교수님이 파가니니 바이올린 협주곡 2번 〈라 캄파넬라〉를 해보지 않겠냐고 물으셨다. 모스크바에서 음악공부를 하는 동안 다른 학생들과 달리 내게는 한 번도 강압적으로 프로그램을 정해준 적도 없고, 거의 모든 실기곡은 내가 하고 싶은 곡들을 고르고 선생님들과 상의해서 결정했다.

나를 지도해주시는 교수님께서 2005년에 독일에서 연주하는 러시아 오케스트라에 협주곡을 연주할 솔로이스트가 필요하다는 전화를 받아서 날 소개해주었다고 하셨다. 이게 웬 횡재? 완전 짱이다! 많은 사람이 돈을 내고 연주하고 협연하는데 나는 돈을 받으면서 협연하라고 권하시다니, 그것도 독일 남부를 순회 연주하는 오케스트라와 함께라니!

그 다음해, 순회연주까지는 1년이라는 시간이 있었다. 시간이 많이 남은 것 같았다, 처음에는. 하지만 내가 누군가, 게으름쟁이 송원진! 항상 마지막에야 스퍼트를 올리는 달리기 선수 같다, 나는. 처음부터 천천히 조금씩 준비하면 더 편할 수도 있겠지만, 왜 내 성격은 그렇게 생겨먹지 않은 것이지. 하지만 어떤 일이든 약속된 시간에 맞춰서 끝을 내는 뒷심이 있어 지금까지 이렇게 잘 살고 있는 것 같다.

그러나 파가니니 바이올린 협주곡 2번 〈라 캄파넬라〉만은 그러면 안 되는 곡이었다. 내 손은 옥타브까지는 딱 알맞아서 날렵하고 빠른 곡은 잘할 수 있지만, 손가락으로 하는 옥타브라든지 10도,

Slowakische Sinfonietta
Dirigent: **Georg Mais**
Solist: **Herbert Schuch**, Klavier

Der Sohn ... Mozarteum und ist u.a. Preisträger des österreichischen Wettbewerbs.

Samstag 09. April 05
20.00 Uhr · Kursaal Überlingen

Russische Staatsphilharmonie Uljanowsk

...a - Ouverture zu „Ruslan und Ludmilla"
N. Paganini - Violinkonzert Nr.2 h-moll
„La Campanella"
P. Tschaikowsky - Sinfonie Nr. 4 f-moll

Russische Staatsphilharmonie Uljanowsk
Dirigent: **Konstantin Barkov**
Solistin: **Son Won Jin**, Violine

Mit der Russischen Staatsphilharmonie Uljanowsk gastiert das Sinfonieorchester der Geburtstadt Lenins an der Wolga in Überlingen mit berühmten Werken der russischen Musikliteratur. Außerdem erklingt mit der Tschaikowsky-Wettbewerbs-Preisträgerin Son Won Jin aus China Paganinis virtuoses und char-mantes Violinkonzert „La Campanella"

117

그리고 화음이 길고 많은 곡은 손이 아파 힘들다. 그런데 파가니니는 내 작은 손이 힘들어하는, 손이 크면 조금 더 편하게 연주할 수 있는 왼손 테크닉의 총집합이다.

꾸준히 나와주시는 10도. 꼬물꼬물 나오시는 화음들에 최고봉은 역시 3악장 〈라 캄파넬라〉. 피아니스트들이 리스트의 편곡으로도 많이 치는 그 곡. 첫 음부터 끝 음까지 산 넘어 산이라는 표현이 딱 맞는 테크닉의 조합. 많은 비르투오소 소품을 했지만 이렇게 손에 맞지 않는 테크닉의 세상은 처음 만나봤다.

이자이E. Ysaÿe의 무반주 바이올린 소나타를 할 때도 사라사테P. de Sarasate의 〈카르멘 환상곡Carmen Fantasy Op. 25〉을 할 때도 이렇게 불편해본 적은 없다.

모스크바에서 울리야놉스크로

〈라 캄파넬라〉는 곡에 대한 시름 말고도 재미있는 일들을 남겼다. 첫째는 이 곡을 연주하러 독일로 같이 갈 울리야놉스크 국립 아카데미 교향악단Ульяновский государственный академический симфонический оркестр과 협연하기 위해 갔던 울리야놉스크 여행. 그리고 그들과 함께한 독일 여행.

도대체 〈라 캄파넬라〉로 내게 무슨 일이 일어났을까요?

울리야놉스크Ульяновск는 공산주의의 아버지이자 러시아, 아니 소련이라고 하면 척, 하고 떠오르는 사람, 블라디미르 일리치 레닌 Владимир Ильч Ленин의 고향이자 러시아의 젖줄이라는 볼가강Река Волга이 흐르는 곳이다. 모스크바에서는 하루 동안 기차를 타고 가야 하는 곳이기도 하다.

언제나와 마찬가지로 엄마와 함께 기차를 타고 갔다. 러시아 기차는 네 명이 잘 수 있는 침대칸이 있어서 하루 정도의 거리는 별로 힘든 일이 아니다. 침대칸도 여러 종류라는데 나는 두 명이 잘 수

있는 침대칸과 네 명이 잘 수 있는 침대칸만 타보았다. 갈 때는 네 명이 잘 수 있는 2층 침대가 두 개 있는 침대칸의 두 좌석을 구입했지만 가는 내내 다른 승객이 없어서 엄마와 둘이서 그 공간을 독차지할 수 있었다.

때는 겨울이었고 온통 하얀 세상은 뭐, 매일 보는 풍경이니…. 하지만 구시가지의 작은 목조건물들은 모스크바에서는 볼 수 없는 풍경이었다. 모스크바는 좀더 유럽에 가까운 분위기라면 울리야놉스크의 시내는 아기자기 오밀조밀 러시아 소설에 나오는 전형적인 러시아의 분위기였다. 어디선가 트로이카가 끄는 썰매가 나타날 것만 같았다.

러시아가 참 대단한 나라라고 느껴지는 건, 어느 도시를 가든 어느 오케스트라와 협연을 하든 모든 오케스트라에 게스트 하우스 같은 아파트가 있을 뿐 아니라, 협연을 온 솔로이스트에 대한 배려가 끔찍하게 좋다는 것이다. 오케스트라 전속 기사가 시간 맞춰 차로 데리러오고 연습을 하고나면 식사를 챙겨주고 또 연습하고는 다시 데려다주고, 그러는 사이사이 관광도 시켜주고.

파가니니의 〈라 캄파넬라〉라는 곡이 곡인만큼 리허설도 편안하고 여유롭게 하기 위해 지휘자와 상의한 대로 콘서트 이틀 전에 울리야놉스크에 도착했다. 언제나 새로운 지휘자를 만나고 서로의 의견을 공유한다는 것은 즐거우면서도 두렵고 또 설레는, 참으로 많은 감정이 한꺼번에 몰려오는 일이다.

이번 연주는 독일 투어를 가기 전 준비 작업이기도 해서 지휘자도 나도 오케스트라도 서로를 '간보는' 상황이라 눈치작전이 심할줄 알았지만 역시 음악은 모두를 하나로 묶어주는 데 일가견이 있다! 울리야놉스크 사람들은 멀리 모스크바에서 온 동양인 여자아이를 많이 환영해주었고 콘서트는 성공리에 끝났다.

그렇게 울리야놉스크에서의 연주 역시 지금까지의 연주와 별반다를 게 없는 평범한 연주여행으로 정리될 줄 알았다. 그러나 반전은 집으로 돌아가는 길에서 일어났다.

Концертный зал
Гнесинский на Поварской

ул. Поварская, 38
Метро «Баррикадная», «Арбатская»

СЕЗОН 2005—2006

ВЕЧЕР СКРИПИЧНОЙ МУЗЫКИ

от Баха до Равеля

В ПРОГРАМ

Бах, Бетхо
Сарасате, Шос
Рав

Ла
международных конк

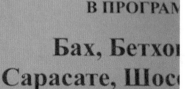

СОНВОН ЧЖ

Партия фортепиано -
лизавета КРАСНОВА, СОН СЕ ЧЖ

НАЧАЛО КОНЦЕРТА В 18.00

울리야놉스크에서 모스크바로

러시아의 모든 연주여행은 초대하는 곳에서 모든 경비를 부담한다. 경제 상태가 그다지 좋지 않은 상황을 감안하면 정말 대단한일이다. 울리야놉스크 연주여행 때도 그랬다. 우리를 생각해준다고울리야놉스크에서 모스크바 행 열차티켓을 준비해주었다. 지금까지 타왔던 건 2Luxe개 4Kupe개의 침대가 있는 침대칸이었는데, 자리가 없다며 우리에게 준비해준 표는 2층 침대가 쭉 있는, 그것도 울리야놉스크에서 출발하는 것이 아니라 하루 정도 달려서 울리야놉스크에 와서 하루를 더 가야 모스크바에 도착하는 그런 기차였다.

아뿔싸! 이 모든 사실을 기차를 타고나서야 이해하게 되었다. 그건… 그건…, 이건… 이건…, 우리가 항상 이용하는 그 기차가 아니었다. 차라리 우리가 미리 티켓을 사둘 것을, 어떻게 해! 기차를 탔을 때 내 상태는 참 심란한 모습이었다. 연주 후 바로 출발한 터라아직 화장도 지우지 않아 빨간 립스틱은 그대로, 짐도 한 짐에 바이올린까지… 그리고 엄마.

앉지도 눕지도 못하는 그런 자리만 남아있었다. 어떻게 이곳에서 버티지? 만 하루를 그냥 이렇게 참고 가야 되는 건가? 하루 동안 쩐 술냄새와 사람들의 험악한 표정, 정말 소설 속에 나오는 '러시아의 보통 사람'들의 모습이었지만 그런 환경을 가까이서 본 적이 없는 우리에게는 너무 무섭고 두렵기만 했다. 좀더 생각할 시간이 있었다면 기차에서 바로 내려서 호텔에서 하룻밤 자고 다음날 기차표를 구했을 테지만, 그건 기차가 움직이기 시작한 다음에 든 생각이었다.

엄마는 그 칸의 차장하고 이야기를 했고, 새벽 1시쯤 다른 곳에 네 명이 잘 수 있는 침대칸에 자리가 생기니 그곳으로 옮길 수 있다고 했다. 하지만 차액을 내야 하고, 영수증은 줄 수 없단다. 이런 대화를 나눈 게 저녁 8시30분이었다. 아이고, 당연히 차액 주지. 이 상태로 집에 가는 게 아니라면!

엄마와 나는 자지 않고 기다렸다. 항상 그렇듯 시트를 구입해서

씌웠는데 1시쯤 되자 그 시트를 벗겨서 들고 따라오란다. 우리는 8호차에서 3호차까지 그 많은 짐에 시트까지 들고 걸어갔다. 정말 2차 세계대전을 배경으로 한 영화에서 가끔 포로수용소로 끌려가는 사람들이 타는 기차여행(?)의 포로처럼 그렇게 열심히 걸어 3호차까지 갔다. 그곳에 도착해 문을 열어보니 아래 침대에는 벌써 러시아 남자들이 팬티 하나만 입고 자고 있었다. 그곳도 마찬가지로 그 남자들이 품어내는 맥주냄새로 머리가 아팠다.

하지만 그래도 편하게 발이라도 뻗고 잘 수 있다는 생각에 다시 시트를 깔고 엄마를 뉘이고 짐을 올리고…. 세상에, 내가 이렇게 장사일 때도 있구나, 생각하며 잠을 청하려는데 갑자기 화장실이! 러시아에서 기차를 타본 사람들은 알겠지만 러시아는 기차가 역 근처에 도착하기 시작하면 화장실 문을 잠근다. 역시나 역 근처에 가까워지고 있었기 때문에 화장실문이 잠겨 있었다.

나는 기차가 빨리 출발하기를 기다리며 창밖을 보고 있었다. 그때 그 역에서 여자 두 명이 탔는데, 분위기가 우리가 타고 있는 칸으로 오는 것이었다. 역시나. 그뒤를 이어 차장이 오더니 우리를 다시 다른 곳으로 옮겨주겠단다. 그래서 내가 물었다. 이번이 마지막이냐고, 이번에 옮기면 모스크바까지 한 번에 가는 거냐고, 아니면 또 이 밤중에 자리 옮기기를 계속해야 되는 거냐고!

당연히 이번이 마지막이란다. 그래서 자는 엄마를 깨우고 다시 시트를 벗기고 짐을 내리고 또 걷기 시작했다. 이번에는 그냥 4호차로. 이제는 편하게 잠을 잘 수 있다고 생각했다. 하지만 그건 우리의 착각이고 꿈이기만 했다. 이번에 우리의 잠을 방해한 건 경찰이었다. 러시아의 경찰은 아무 때나 나타나 여권검사를 한다. 특히 외국인에게는 별문제가 없어도 그냥 시비를 걸어 콩고물이 떨어지게 만든다. 그래도 모스크바 경찰은 외국인 여자에게는 여권검사를 잘 하지 않지만, 이건 기차였기 때문에 일면 이해가 되기도 했다. 그런데 문제는 그때부터였다.

외국인의 여권과 비자를 많이 보아온 모스크바 경찰들과 그들은 달랐다. 러시아의 비자문제는 매년 달라졌다. 거기다 학교비자는 1년에 한 번씩 갱신해야 되는데, 갱신을 해도 출국할 때는 매번 출국 3주 전에 출국비자를 받아야 한다. 3주 이내에 출국비자를 받는 것은 거의 불가능하다. 그리고 갱신되는 비자도 학비를 낸 후에나 가능한 일이라 연주 스케줄이 많은 우리는 너무나 불편한 상황이었다.

　　그래서 우리는 대학에 입학한 후 1년짜리 복수비자를 받았다. 이것도 처음에는 1년에 한 번씩 받으면 되는 거라 여름방학마다 한국에 들어와서 받았고, 나중에는 1년에 한 번씩 한국에 와서 비자를 받고 6개월에 한 번씩은 국경을 넘어 다른 나라에서 러시아 거주등록을 갱신해야만 했다.

　　아무튼 오밤중에 기차에 탄 경찰들은 엄마 비자에 거주등록이 없다며 시비를 걸기 시작했다. 엄마 비자에 거주등록이 없는 이유는 울리야놉스크에 오기 전에 외국에 다녀왔고, 한 번 러시아를 나갔다 오면 처음 받은 갱신된 거주등록이 없어지기 때문이다. 모스크바 경찰은 이런 여러 종류의 외국인 비자를 알기 때문에 엄마 여권과 비자와 거주등록을 봐도 아무 문제가 없었다. 하지만 요 시골에 있는, 외국인 비자를 거의 보지 못한 경찰들에게 엄마는 불법체류자로 받아들여질 뿐이었다.

아마도 러시아어를 못 했으면 벌금형식으로 돈을 얼마 내고 가라고 했을 테고, 그뒤로는 자기네들끼리 무전으로 외국인이 타고 있으니 계속 검문하라고 알려주고는 내내 돈을 뜯어갔을 것이다.

그들은 처음에는 왜 이 밤중에 시트까지 들고 왔다갔다하는지 물었다. 아마도 우리가 무임승차한 사람들이라고 생각한 듯하다. 그래서 설명해주었다. '나는 울리야놉스크에서 연주하고 오는 길이고, 그쪽에서 표를 사주었지만 너무 불편한 자리라 차장에게 상황을 이야기하고 돈을 더 주고 자리를 바꾸었다'고. 경찰은 다시

누구에게 돈을 주었으며, 영수증은 받았느냐고 물었다. 당연히 못 받았지!

차장들끼리 왔다갔다하고 소곤거리고 자기끼리 돈을 조금씩 나누더니, 한 차장이 경찰에게 우리가 지인의 아는 사람이어서 자리를 옮겨줬다고 설명해주었다. 이렇게 자리 문제가 마무리되자 이제는 비자를 들먹이기 시작했다. 어디서 비자를 받았는지 얼마를 주고 했는지 누가 해주었는지…. 오 마이 갓!

그래서 또 설명이 시작되었다. 나는 그저 연주만 할 뿐이고 그 외의 모든 것은 주최측에서 다 처리해준다고. 그랬더니 다시 엄마 비자를 가지고 문제를 삼았다.

"엄마의 거주등록이 잘못되어 있네. 멀티비자인데 왜 거주등록이 되어 있지 않지?"

"내 거 안 봐요? 난 문제랑 사는 거 무지 싫어해요. 머리 아프게 왜 법대로 안 살아요? 모스크바에서는 문제없었어요!"

그랬더니 경찰들은 엄마에게 약간 벌을 주어야 되지 않느냐는 것이다.

　"나 같은 딸이랑 사는 게 무지 큰 벌이에요. 그러니까 걱정 말아요!"

　그랬더니 빙긋 웃더니 잘 가라고 하고는 가버렸다. 누가 나를 말로 이길 수 있겠는가! 엄마는 한 시간이나 실랑이를 하기에 돈을 조금 줄 생각이셨단다. 아니, 잘못한 게 없는데 왜 돈을 줘? 돈 대신 긴 시간이지만 대화로 문제를 해결했다. 러시아어가 러시아인 수준이었기에 가능한 일이었다. 지금 다시 생각해도 솔직히 끔찍하고 다시는 그런 상황에서 싸우고 싶지 않다. 그래도 그 경찰이 착한 사람이었다.

　아무튼 새벽부터 그런 힘든 일을 당하고 새벽 4시 30분, 엄마와 나는 전날 저녁에 먹고 남은 주먹밥과 살라미로 간단히 끼니를 때우고 잠을 청했다. 우리가 마지막으로 옮긴 자리는 차장들이 타고

다니는 칸이어서 위쪽 침대 두 개가 항상 비어 있었고 아래 침대도 교대로 잠을 자기 때문에 한 자리는 항상 비어 있는 꽤 쾌적한 침대칸이었다.

이렇게 해서 엄마와 나는 모스크바에 도착했다, 11시까지 잠을 자며. 같은 차량에 탄 사람들이 와서 한마디씩 하고 지나갔지만 우리는 파란만장한 사건 뒤에 맞은 달콤한 꿈나라에서 깨어나지 못했다. 가끔 깨어날 때 들은 소리는 '중국사람인가?' '여권 때문에 오랫동안 말싸움해서 피곤할 테니 조용히 해!'와 같은 말들이었다.

정말이지 기억에 화~악, 남는 기차여행이었다. 다른 곳을 오갈 때도 기차를 많이 탔지만 이 여행은 정말 엽기적이었다. 러시아에서는 기차를 탈 때마다 크든 작든 문제가 없던 적이 한 번도 없다.

길고 긴 울리야놉스크 연주여행이 끝났다. 그런데 이것은 시작일 뿐, 정말로 재미있는 독일 연주여행이 기다리고 있었다.

그리고 독일로

처음에는 독일 연주여행 때 비행기로 이동하려고 했지만 오케스트라 단원이 너무 많다는 이유로 울리야놉스크에서 모스크바까지 기차를 타고 모스크바에서부터는 버스로 독일에 간다고 했다. 나와 엄마 둘이서만 독일까지 비행기를 타고갈 수도 있지만 왠지 불안해서 우리도 함께 동행하기로 했다. 모스크바에서 출발해서 벨로루시·폴란드 국경을 거쳐 독일까지 가는 여정이었다. 이 순간의 결정으로 길고 긴 파란만장 독일 연주여행이 시작되었다.

오케스트라는 군대같이 서열이 확실한데, 외국의 경우 솔로이스트와 오케스트라 단원의 차이는 하늘과 땅의 차이다. 독일 연주여행은 버스로 장시간 이동해야 하기 때문에 버스 안 자리배치가 굉장히 중요했다. 그런데 울리야놉스크 시립 오케스트라는 이런 식의 여행을 많이 다녀서인지 아무런 토도 달지 않고 아주 자연스럽게 맨 앞 운전기사 바로 뒷자리에 솔로이스트인 나와 엄마를 위한 자리를 남겨놓았다.

내 옆쪽 첫 줄에는 지휘자가 앉았고, 그 뒤로 악장이 앉고 이후로는 오케스트라의 자리배치와 같은 서열대로 버스에 차례대로 앉았다. 확실히 버스 앞좌석은 넓고 시야도 탁 트여서 편하고 뒤로 갈수록 좁아지고 음식냄새도 잘 빠지지 않아서 머리도 아프다.

이 연주여행에서 나는 천국과 지옥을 함께 경험했다.

모스크바에서 독일을 향해 달려가면서 국경을 하나씩 넘어가는데, 그때마다 주변이 깨끗해지고 예뻐졌고 게다가 고속도로 휴게소 역시 갈수록 깨끗해졌다. 겪어보지 못한 사람은 이해를 할 수 없는 광경이 내내 눈앞에 펼쳐졌다. 하지만 오는 길은 그 반대였다. 갈수록 지저분해지는 광경을 보면 '아, 집에 도착해가는구나'라는 말이 저절로 새어나왔다.

나중에 오케스트라 단원들에게 물어봤다.

"집으로 돌아오는 길이 마냥 행복할 순 없는데, 혹시 좀 이질감이 느껴지지 않으세요?"

그들의 대답은 심플했다.

"그렇게 느끼지만 그래도 어쩌겠어요. 내 조국인데…."

이런 모습에서 러시아 사람들이 '음악'이라는 러시아의 자부심을 가지고 세계 곳곳에서 자신들의 자존심을 세우는 데에 열심일 수밖에 없는 것이 당연하게 느껴졌다. 음악 하나만 보면 러시아는 세계 최고다. 그러나 그들의 삶의 모습은 그런 최고의 음악과는 너무도 어울리지 않는다. 유럽이나 미국에서 이런 음악적 수준으로 음악작업을 한다면 멋진 삶을 살 텐데 말이다.

러시아에서의 삶은 어찌 보면 개방이 되고 더 힘들어졌다. 개방 전에는 국가에서 케어해주는 부분이 많아 편하게 음악에만 전념할 수 있었지만, 개방 후에는 국가에서 주는 것은 거의 무용지물 수준이라 자신의 일상적인 부분까지 직접 책임져야 한다. 다시 말해 개방 전에는 음악을 위해 음악을 했다면 개방 후에는 생계를 위해 음악을 하게 된 것이다.

확실히 유학생활도 처음과 끝이 상당히 다르다. 유학 초반에는 그래도 막 개방이 된 때라 선생님도 더 순수하고 열정적으로, 금전적인 문제에 연연하지 않고 가르쳤지만, 시간이 지날수록 모든 게 금전문제와 동일시되었다.

그렇게 버스로 1박 2일이 걸려 독일에 도착했다. 3일간의 연주였는데 3일 모두 다른 도시였다. 이럴 때 느끼는 러시아 사람들의 체력은 혀를 내두를 만큼 대단하다. 이 사람들은 아침식사 후 9시쯤 버스를 타고 5~6시간 정도 이동한 후 바로 리허설을 하고, 주최 측에서 주는 저녁을 먹고 바로 본 연주에 돌입한다.

사람의 체력이라고는 생각할 수 없는 스케줄이었다. 그런데 그런 일정을 함께 소화한 나는 그럼 뭐? 그래도 나는 협연하는 곡 하나 뿐이지만, 지휘자와 오케스트라 단원들은 서곡부터 시작해서 내가 연주하는 바이올린 협주곡에 교향곡까지…. 정말 대단하다는 말밖에는. 그리고 연주가 끝나면 또 버스를 타고 이동하는데, 만만치 않은 거리를 이동하기도 했다. 무적함대, 광고에 나왔던 배터리가 닳지 않는 에너자이저, 이것이 러시아 음악의 기본이고 러시아 연주자들이기도 하다.

사랑하는 당신을 위해
날고 싶습니다.
아름다운 한 쌍의 날개와 당신의 사랑과 함께
밝은 세상을 향해
날고 싶습니다.

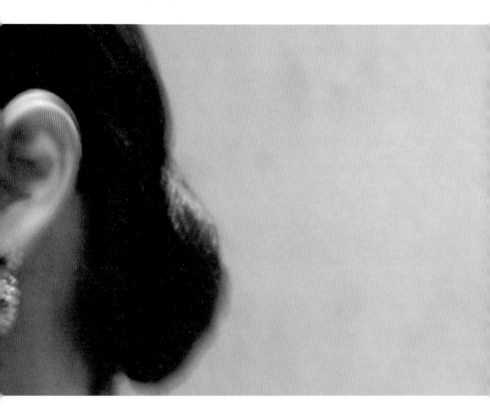

기 싸움

협연자와 오케스트라 그리고 지휘자가 어떤 관계인지 궁금하지 않은가? 보통은 무대 위의 모습만 보고 아~ 좋구나, 하고 음악을 들을 텐데…. 사실 이 무대 위에 서기까지 모두와의 기 싸움이 존재한다. 악장과 제1바이올린 연주자들의 기운 대결은, 대단하다. 특히 협연자가 바이올리니스트라면 더욱! 어쩌면 같은 악기를 연주하는 사람들이라 더 잘 알고 또 잘 아는 만큼 눈치를 보게 된다.

어느 오케스트라든 모든 악기의 솔로이스트를 한 눈에 알아본다. 연습실에 들어가서 "안녕하세요. 반갑습니다. 한국에서 온 송원진입니다"라고 소개할 때 반겨주는 박수와 한 번 호흡을 맞춘 후 오케스트라가 솔로이스트에게 보내는 박수가 어떻게 바뀌는지는 리허설에 서본 사람만이 안다. 특히 동양인, 게다가 여자이기 때문에 모든 사람이 신기해하는 선입견으로 박수를 친다. '새로운 아이구나. 어, 신기한 동양 아이네. 그래, 얼마나 잘하는지 보자.'

하지만 일단 연주를 하고나면 그들은 상대방의 실력을 깨끗하게 인정해준다. 그래서 진심을 담아 크고 기분 좋은 박수를 보내준다. 그리고 함박웃음과 함께 악장과 여러 가지 이야기를 하기 시작한다. 어느 학교에 다니는지, 누구에게 사사받았는지….

만약 연주 실력이 나쁜 사람이 협연을 하면 오케스트라 단원들이나 지휘자도 대충대충 연주해준다. 하지만 연주자가 혼신을 다해 좋은 연주를 하면 오케스트라도 지휘자도 한 마음이 되어 성심성의껏 연주해준다. 인간의 마음은 참으로 솔직하다.

새로운 오케스트라와의 만남은 항상 설레고 즐겁다!

종달새

Глинка · Балакирев—Жаворонок

1840년 러시아 음악의 아버지 글린카M. Глинка는 N. 쿠콜니크 H. Кукольник의 시 〈종달새Жаворонок〉로 로망스романс · 가곡를 작곡했고, 발라키레프M. Балакирев는 이를 피아노곡으로 편곡했다. 이 〈종달새〉는 러시아에서 가장 사랑받는 곡 가운데 하나다.

*

러시아에서 내가 〈종달새〉를 연주할 때마다 러시아 사람들은 내게 이렇게 물었다.

"당신은 러시아 사람도 아니면서 어떻게 그렇게 러시아 사람들의 정서를 잘 표현할 수 있습니까?"

이 질문을 들을 때마다 1992년부터 시작한 러시아 생활이 나의 감성을 어느덧 러시아인과 같은 감성으로 만들었다고 생각한다. 1992년 9월, 예원학교 1학년이었던 언니와 초등학교 5학년이었던 나는 셰레메티예보Шереметьево · 모스크바 공항에 내렸다.

*

역시나 러시아의 겨울은 길고 추웠다. 10월에 시작하는 눈보라는 4월이 되어서야 완전히 사라진다. 한국에서 겨울철 멋쟁이들의 패션 아이템인 모피코트·모피모자·부츠가 모스크바에서는 필수품이다.

영하 40도가 되면 초·중·고등학교가 공식적으로 쉬게 되어 있지만, 우리가 모스크바 생활을 하는 동안 영하 40도로 내려간 적은 한 번도 없다. 서운하게도 꼭 영하 37~38도에서 멈춘다.

*

겨울이면 해가 아침 9시가 넘어 뜨고 4시쯤이면 사라져버린다. 그래서인지 봄이 찾아와 해님이 나타날 때면 정말 진심으로 반가워진다. 다만 여름이 되면 다시 밤이 완벽하게 찾아오지 않는다. 상트페테르부르크Санкт-Петербург의 백야까지는 아니어도 밤 11시가 되

어야 세상이 어두워지고, 새벽 4시면 다시 해가 떠오르기 시작한다. 너무나도 다른 세상의 겨울과 여름이다.

＊

1990년대 초는 정말로 생필품이 귀했던 시절이었다. 하루는 언니와 내가 달걀을 사기 위해 1시간 반 동안이나 줄을 섰는데, 우리 바로 앞 사람의 차례가 되었는데 달걀가게 주인이 선포했다.

"오늘은 모두 품절입니다!"

＊

1990년대 초, 생필품이 귀한 때였지만 박물관과 공연장은 너무도 황홀했다. 매일 밤 열리는 연극·오페라·연주회 등은 거의 항상 매진일 정도로 훌륭한 공연을 저렴하게 보급했다. 연주회는 티켓을 미리 구입해서 입장했지만, 가끔 박물관에는 유럽의 다른 박물관루

브르·대영박물관 등과 함께하는 전시회가 있었는데 그럴 때면 어김없이 2~3시간씩 줄을 서서 입장하곤 했다. 영하 10도 이하의 날씨에도 사람들은 꿈쩍하지 않고 기다려서 꼭 박람회를 보고는 행복해했다. 이런 게 바로 러시아에서의 소소한 일상이다.

*

우리는 화폐개혁을 세 번이나 겪었다. 그때마다 웃지 못할 '경제적 파탄'이 일어났다. 누구나 비상금을 숨겨놓는 버릇이 있고, 또 누구나 그렇듯이 그 비상금이 기억 속에서 사라지기도 한다. 그리고 화폐개혁이 끝난 후 큰 액수의 비상금이 꼭 쓸모없는 종이가 되어 발견되었다.

*

러시아는 작문시험과 구두시험이 많다. 쉬콜라Школа 때부터 독

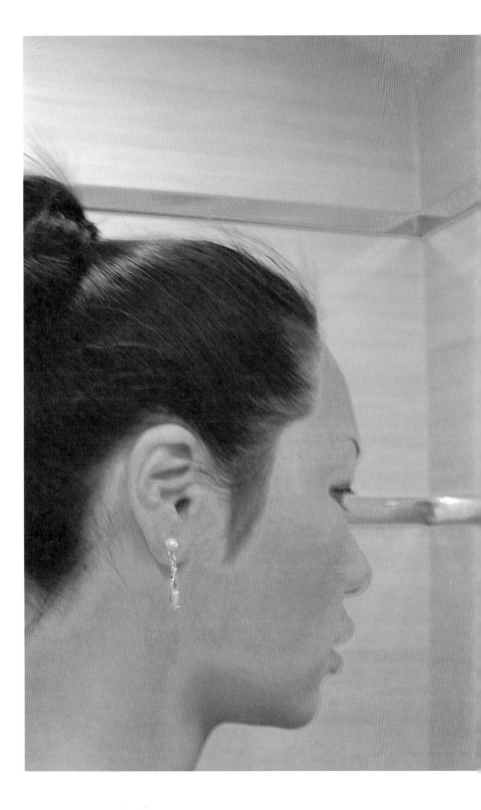

후감 에세이는 기본이었고, 대학교 입학시험 때도 국어러시아어로 제시된 주제로 작문을 써야 한다. 음악사시험은 구두시험으로 치르는데 하나의 '표6илет-ticket' 안에 두 개의 문제가 들어있다. 첫번째는 한 작곡가의 인생과 미학에 대해서, 두번째는 교향곡과 같이 그 작곡가를 대표하는 곡에 대해서 설명하는 것이다. 이렇게 방대한 자료가 필요한 문제가 한 학기에 기본 60개씩 나온다.

*

러시아 음악은 웅장하다.
러시아 음악은 숨프레이징이 길다.
러시아 음악에는 슬픔이 있다.

*

러시아 음악의 슬픔은 독일 음악의 슬픔과는 다르다. 하얀 베료스카Берёзка·자작나무는 홀로 서있지 않는다. 베료스카는 항상 숲을 이루고 있지만 이 나무를 찬찬히 보다보면 외로워 보인다. 겨울이면 더 쓸쓸해 보인다. 마치 상처 많은 인간의 본 모습과 같이. 베료스카는 나무 기둥 중간 중간에 손바닥만한 하얀 얼룩이 있는데 그렇게 얼룩지고 상처 많은 나무들이 군상을 이루며 넓은 대지에 끝없이 펼쳐져 있다. 러시아 음악은 이런 애절함을 가진 베료스카의 슬픔을 담고 있다고 생각한다.

독일 음악의 슬픔은 간결하고도 잔잔하지만 러시아 음악의 슬픔은 넓고 깊다. 때로는 잔잔한 슬픔이 더 가슴 아플 때도 있고, 때로는 슬픔의 늪에서 빠져나오지 못하는 방황이 더 애절하기도 하다.

＊

러시아 사람들은 '어렵다' '힘들다'는 단어를 모르는 것 같다. 적어도 내 주변에서는 이런 단어들을 들어본 적이 없다. 그래서인지

나 또한 불가능이라는 단어를 싫어한다. 아마도 러시아의 겨울이 이렇게 만드는 것 같다. 아무리 어려운 일이라 해도 묵묵히 해내는 러시아 사람들이 둔해 보일 때도 있지만, 그렇기 때문에 이 나라에서 대단한 학자나 예술가들이 많이 배출된 것을 이해하게 된다.

*

러시아 사람들은 은근히 보수적이다. 서양과 동양사상의 중간쯤에 있다고 봐야 할 것 같다. 자유분방하면서도 어른들은 짧은 치마를 입은 젊은이를 보면 야단을 친다. 또 어른에게 존경심을 표하지 않으면 불편해하면서도 교수와 학생은 친하게 지낸다.

모스크바 국립 차이코프스키 음악원Московская государственная консерватория имени П.И.Чайковского의 피아노 전공생들은 반주법을 배워야 한다. 내 반주법 교수님께서는 제자들의 아르바이트 시간에까지 관심을 갖으셨다. 그래서 학생이 어디서 무엇을 하는지 다 알고 계셨고, 또 무슨 문제가 있는지도 다 알고 계셨다. 이렇게 가깝게 지내도 교수님은 학생들에게 존댓말을 사용하셨다.

*

연주는 연주자와 관객이 함께 호흡하는 것이다. 연주자가 의도한 바를 청중에게 전달하지 못하면 그 연주는 그 의미를 상실하게 되고, 반면 좋은 연주는 청중들에게 큰 박수라는 보답을 받는다.

러시아에서는 자신이 좋아하는 연주자가 연주를 하면 연주장에 꼭 꽃을 들고 찾아오고, 무대로 나가 꽃을 건넨다. 모든 곡이 다 끝나지 않아도 주고 싶을 때 꽃을 선사한다. 물론 다른 관객에게 방해되지 않게. 그래서 콘서트 때 앙코르를 하다보면 피아노와 무대는 꽃으로 뒤덮이게 된다.

*

러시아에서는 여자들에게 의미 있는 날이 있다. 바로 3월 8일이다. '여성의 날'이라고 불리는 이 날은 남자가 여자에게 꽃과 선물을 주는 날이다. 3월 8일을 무시하고 그냥 넘어간다면 남자는 여자의 구박을 피할 수 없다. 그래서 3월 8일이 가까워지면 꽃값이 폭등하고 보석 판매가 는다. 반면 남자들은 3월 8일이 다가오면 괴로워한다.

＊

유난히 추운 러시아의 겨울. 모자·장갑·털코트 없이는 견디기 힘들지만, 일단 건물 내부로 들어가면 여름 같다. 그래서 꼭 겉옷을 맡기는 곳이 있는데, 러시아 할머니들은 부츠를 신고 와서 실내에서는 꼭 구두로 갈아 신는다. 학생들도 레슨을 받을 때면 두꺼운 스웨터 속에 반팔 티셔츠를 입고 와서는 스웨터를 벗고 반팔 티셔츠만 입고 레슨을 받는다.

*

　한국에서 모스크바까지는 비행기로 9시간 정도가 걸린다. 한국
에서 미국이나 유럽에 가는 것보다 더 가까운 거리다. 러시아 생활
과 한국 생활의 차이점을 이야기해달라는 사람이 많다. 하지만 한
국은 한국이고, 러시아는 러시아일 뿐, 굳이 비교를 하거나 다른
점에 대해서 생각하고 싶지 않다.

이슬라메이

М. Балакирев—Ориентальная Фантазия <Исламей>

첫 만남

러시아 국민악파 5인조의 대표인 발라키레프의 〈이슬라메이〉는 피아노 레퍼토리 가운데 가장 난해한 곡으로 꼽히고 있다. 발라키레프는 러시아 피아노음악의 아버지다. 발라키레프가 작곡한 〈이슬라메이〉는 악보를 펼치는 순간, 음이 너무 많아 눈이 휘둥그래지며 바로 악보를 닫게 만든다.

〈이슬라메이〉와 나와의 첫 만남은 14살쯤이었을 것이다. 피아니스트 안드레이 가브릴로프A. Гаврилов의 음반을 들으며 우연히 알게 된 곡이다. 그때는 이 곡을 내가 직접 연주한다는 것은 꿈같은 일이었다. 빠르고도 타악기를 연주하는 듯한 터치는 인간의 한계를 시험하는, 도저히 내 손가락의 움직임으로는 불가능한 연주라고 생각했다.

하지만 모스크바 국립 차이코프스키 음악원 4학년 때, 나는 〈이슬라메이〉를 내 곡으로 만들었다. 그리고 제일 즐겨 연주하는 곡 가운데 하나가 되었다. 〈이슬라메이〉의 첫 연주는 체력적인 면에서

162

도 감정적인 면에서도 다소 힘들었다고 기억한다. 그러나 지금은 세상에서 연주하기 가장 어려운 곡이지만 내게는 편하고도 친숙한 곡이 되었다.

쉬콜라Школа

무대에 오르기 전, 항상 머릿속으로 그날 연주할 곡을 연주해본다. 그리고 늘 연주를 하며 피아노와 대화를 나눈다. 나를 가장 잘아는 '사람'은 '나 자신'이 아닌 피아노. 내가 미처 인식하지 못했던 일까지 일일이 짚고 넘어가는 것이 피아노다. 때문에 피아노 앞에서는 내 스스로에게도 더욱 정직해질 수밖에 없다.

지금 생각해보면 러시아에서 음악교육을 받으면서 가장 중요시한 부분이 '소통'이 아니었나 싶다. 청중과의 소통은 물론, 나 자신과의 소통, 악기와의 소통. 테크닉적인 난관에 부딪쳤을 때도 문제를 인식하고 '나'와 '악기'가 함께 풀어나간다.

러시아 학교는 초·중·고등학교로 나누어 있지 않고, 11년 학제의 쉬콜라학교로 통합되어 있다. 음악 전문학교인 중앙음악학교Центральная музыкальная школа при Московской государственной консерватории имени П.И. Чайковского · 모스크바 국립 차이코프스키 음악원 부속 중앙음악학교는 0학년부터 있는 특이한 학교다. 일반과목들과 전문

적이고 세분화된 음악과목을 동시에 섭렵하면서 체계적으로 음악인을 준비시킨다.

실기지도 선생님은 부모님과 같다. 학교에서 문제가 생길 경우, 다른 선생님에게는 의논할 수 없는 일조차도 실기지도 선생님께는 모두 이야기할 수 있다. 실기지도 선생님 역시 항상 부모님처럼 보호해주시고 때로는 엄하게 혼내주시기도 한다.

러시아에서 음악공부를 했다고 하면 러시아 작곡가 중심으로 곡을 연마했을 거라는 선입견이 있겠지만, 러시아 피아니스트는 쇼팽 스페셜리스트부터 베토벤 스페셜리스트까지 다양한 작곡가와 레퍼토리를 선보이고 있다. 그 비결은 중앙음악학교 시스템에 숨어있다고 생각한다.

중앙음악학교를 11학년까지 무사히 통과하기 위해서는 두 번의 큰 시험을 치러야 한다. 4학년에서 5학년으로 올라갈 때와 8학년에서 9학년으로 올라갈 때. 이 시험에 통과하지 못하는 학생은 더 이상 학교를 다닐 수 없다. 특히 8학년에서 9학년으로 올라가는 시험에는 테크닉시험이라는 긴장감 넘치는 시험이 있는데, 이때 세 가지 종류의 테크닉^{작은} 스케일 테크닉, 3도 또는 6도, 옥타브을 보여줄 수 있는 세 개의 연습곡과 스케일을 연주해야 한다. 특히 체르니^{C. Czerny}와 클레멘티^{M. Clementi} 같은 연습곡은 쇼팽 에튀드^{etude · 연습곡}를 치는 학생들도 10학년까지는 꾸준히 마스터해야 한다.

스케일에 대해서 잠깐 설명하겠다. 하논의 스케일은 그냥 스케일만 하는 것이지만, 모스크바에서 배운 스케일은 하논 두 배 길이의 스케일인데, 옥타브 스케일은 물론 3도, 6도, 10도, 아르페지오 그리고 장조와 연관된 두 가지 단조스케일까지 한 번에 완주해야 한 개의 스케일로 인정해준다.

이렇게 쉬콜라를 다니는 동안 기초를 다진다. 또한 실기시험 곡 역시 학기마다 바흐^{J.S. Bach}의 평균율^{Das wohltemperierte Klavier}은 기본으로 하나씩 쳐야 하며, 클래식 소나타^{베토벤 · 모차르트} 등를 칠 때면 꼭 전 악장을 완주해야 한다. 이렇게 바흐부터 베토벤·쇼팽·슈만 등 모든 장르의 곡을 배우게 된다. 선생님들은 그래야 시대별로 작곡가에 대한 지식과 감각이 생기고, 나중에 혼자서 연주할 수 있는 힘을 기를 수 있다고 말씀하셨다.

이렇게 바로크부터 후기 낭만파까지의 시대감각이 없다면 러시아 음악을 다루는 일은 불가능하다. 또한 러시아 음악을 깊이 다룬 후, 다시 바로크와 클래식을 하면 많은 것이 새롭게 느껴진다. 그야말로 '신세계'다. 이렇게 쉬콜라에서 음악의 기둥을 세우며 졸업한다.

침묵의 법칙

피아노를 공부하는 학생들이 가장 많이 들으며 또 감동받는 연주자는 거의 대부분 러시아 피아니스트이다. 기교와 음악 중 어느 하나에 치우치거나 분리하지 않는 것이 러시아 피아니즘의 특징 가운데 하나다. 테크닉 없는 예술은 불가능하며, 예술성이 없으면 테크닉이 한계에 부딪쳤을 때 해결점을 찾을 수 없다. 때문에 러시아에서는 두 가지를 나누지 않는다.

호로비츠В. Горовиц · 리히터С. Рихтер · 길렐스Э. Гилельс 등 수 많은 세계적 피아니스트를 배출한 모스크바 차이코프스키 컨서버토리에는 침묵의 법칙 같은 게 있다. 한 곡을 공부하면서 네 번 이상 레슨을 받지 않는 것. 그만큼 학생의 임무도 막강하다. 첫 레슨 때도 악보를 외우는 것은 물론, 테크닉에 대해서 논의하지 않을 만큼 준비해야 하며 음악적인 견해까지 갖추고 레슨실의 문을 열어야 한다.

나 또한 3, 4학년이 되면서 한 곡을 두 번 이상 레슨 받아본 적이 없다. 특정한 곡은 교수님께서 두 번 듣는 것도 싫다는 의사를 밝

모스크바 국립 차이코프스키 음악원, 모스크바

히시고, 그럴 때면 시험이나 연주 전에 딱 한 번의 레슨 후 무대에 오른다. 연주자 자신의 피나는 노력은 물론, 쉬콜라의 뒷받침이 없다면 불가능한 일이다.

모스크바 국립 차이코프스키 음악원
Московская государственная консерватория
имени П.И.Чайковского

모스크바 국립 차이코프스키 음악원은 5학년 시스템이고, 졸업시험을 국가고시государственный экзамен라고 부른다. 국가고시 가운데 실기시험이 가장 힘들고 좋은 점수를 받기도 어려운 것으로 유명하다. 피아노과 같은 경우 졸업연주로 40분에서 50분을 연주해야 하는데, 그 가운데 꼭 협주곡이 들어가야 한다. 협주곡은 오케스트라와 협연하지 않을 때면 두 대의 피아노로 연주하는데, 이때 반주 파트를 연주해주시는 분은 실기지도 교수님 또는 교수님과 함께 클래스를 가르치는 실기조교다모스크바 국립 차이코프스키 음악원에서는 실기조교로 확정되면 전임교수가 된다. 그 이유는 반주를 해주는 사람의 가르침을 받은 것이기 때문에 반주자교수님이나 실기조교가 학생을 책임진다는 뜻이다.

내가 4학년 때 일이다. 나보다 한 학년 위인 '리자Лиза'라는 친구가 있었는데, 우연히 내가 그녀의 졸업연주의 반주를 맡게 되었다. 막중한 책임감과 중압감이 한꺼번에 몰려왔다. 왜냐하면 우리 클래

스에는 조교선생님이 계셨는데도 불구하고 내가 반주자가 된 것이 었다.

부담감도 컸지만 친구의 부탁을 거절할 수도 없어 받아들였다. 그녀와 함께 곡을 준비하고, 준비된 곡으로 교수님—지나이다 이그나치예바Зинаида Игнатьева—께 레슨을 받으러 갔다. 기억으로는 겨울이 끝나고 막 봄이 오려는 때였던 것 같다.

교수님께서는 우리 연주를 들으시더니 '좋다!'라고 하시면서 이렇게 물으셨다.

"세진, 모스크바 국립 차이코프스키 음악원에 남아서 나와 함께 일해보지 않겠니?"

순간 정신이 멍해지며 아무 생각도 들지 않았다. 모스크바 국립 차이코프스키 음악원에서 가르치려면 교수가 자신의 제자로 지목해야만 가능한 일이기 때문이다. 그런데 그 수많은 러시아 학생이 아닌 나에게 조교를 제안하신 것이다. 그리고 5월 리자의 졸업연주를 위해 함께 무대에 올랐다.

　시험 후 교수님께서 해주신 뒷담화로는 다른 피아노과 교수님들께서 너무 놀라셔서 졸업연주자보다 연주를 반주해준 내게 관심이 더 많았단다.

　"쟤는 누구야?"

　"어디서 온 사람이야?"

　심지어는 나에 대해서 'Кто?누구?'가 아닌 'Что?무엇?'이냐는 질문까지 있었다고. 지도교수님은 모든 교수님께 나에 대해 일일이 설명해주셨다고 한다. 그후, 졸업학년이 되면서 교수님을 도와 클래스 학생들을 가르치기 시작했다. 그리고 교수님의 권유에 따라 박사과정에 진입했다.

　교수님이 모스크바 국립 차이코프스키 음악원에 남아서 일하는 것을 제안하시면 일단 다른 세상이 열린다. 모스크바에 살면서 전화통화를 가장 많이 한 분이 바로 지도교수님이시다. 일주일에 네 다섯 번은 통화한 것 같다. 그리고 짧게는 30~40분, 길게는 2~3시간까지 이야기를 나누었다. 그러다보면 사제지간이 아니라 정말 가족 같아질 수밖에 없다.

정작 나는 시간이 없어서 레슨을 받지 못해도 교수님 클래스의 다른 학생들에게는 내가 꼭 레슨을 해줘야 했다. 그렇게 일주일에 두 번 정도는 5~6시간씩 레슨을 해주었다.

아스피란투라Аспирантура

모스크바 국립 차이코프스키 음악원은 박사과정을 아스피란투라라고 부른다. 그리고 내 기억 속에서 박사과정은 아직까지도 잊히지 않는다. 3년 과정을 2년으로 단축시키면서 논문과 독주회 프로그램 준비는 물론 학생들까지 가르쳐야 했기 때문에 정말 바빴지만, 그만큼 즐거웠던 시절이다.

박사과정을 졸업하려면 실기인 피아노는 독주회90분 프로그램를 열거나 시험을 봐야 했는데, 나는 3년 과정을 2년으로 끝내려니 시험 볼 기간이 모자라서 독주회 프로그램을 준비하는 수밖에 없었다. 90분짜리 프로그램을 준비하기 위해서는 적어도 6개월 이상의 시간이 걸린다. 하지만 어쩌랴. 시간이 없어도 준비는 해야 하는 것을! 결국 4개월 동안 두 번의 독주회를 무대에 올렸다. 그러다 보니 악보 외우는 것이 가장 힘들었다. 어떻게든 머리에 구겨넣는 기분으로 외웠다.

그러는 와중에 논문까지 준비해야 해서 밤 10시까지는 연습, 그

후는 논문작업을 하는 강행군이었다. 게다가 연주 섭외가 들어오면 연주를 해야 했고 학생들 지도까지 했으니, 당연히 주말도 없이 학교에 다녔다. 특히 박사과정 철학과학 강의가 일요일이어서 휴일이 아예 없었다.

박사과정이 시작되면서 교수님께서는 고민에 빠지셨다. 학교 측에서 모스크바 국립 차이코프스키 음악원은 국가기관이라 러시아 국적이 있어야만 정식 채용이 가능하다고 했기 때문이다. 교수님은 내가 러시아 국적으로 살 수 있는 방법을 알아보시기 시작했다.

아쉽게도 답은 하나였다. 러시아 남자와 결혼하는 것. 교수님께서는 여기서 멈추지 않고 진짜로 내게 짝을 찾아주시려고 하셨다. 박사과정 첫해의 어느 날, 내게 레슨을 받았던 학생이 교수님께 레슨받는 날이라 나도 동행했다. 그렇게 즐거운 시간이 흐르는 레슨실의 큰 문이 열리며 '일리야Илья'라는 졸업반 남학생이 들어왔다.

교수님은 일리야에게 한마디 인사도 없이 다짜고짜 '너 세진이랑 결혼 안 할래?'라고 물으셨고, 당사자인 나와 일리야는 물론, 클래스에 같이 있던 다른 학생들도 너무 놀란 나머지 교실에는 한동안 침묵이 흘렀다.

"교수님, 제가 아직 결혼할 준비는 되어있지 않은 거 같아요⋯."

썰렁한 침묵을 깨며 일리야가 말했다. 그리고 나는 레슨 후 교수님을 말렸다. 제발 제 남편 찾기를 그만하세요!

그렇게 박사과정이 끝난 후 나와 교수님은 계획을 포기한 채 헤어지고, 나는 한국으로 돌아왔다.

#3

the Music

'그'에 대한
불멸의 사랑 이야기

‘그’를 사랑하는 것은 확실하다. 하지만 ‘그’가 보기 싫을 때도 있고, ‘그’ 때문에 힘들기도 하다.

러시아에서는 ‘피아노’를 남자로 표현한다. 그러니 내게 피아노는 누구보다 소중한 ‘그’일 수밖에 없다. 그 누구보다도 나를 잘 알고 있고, 나 자신도 모르는, 내가 말로 표현할 수 없는 감정들을 그대로 소리로 이야기해주는 ‘그’이기에 내가 기댈 수밖에 없는 존재다.

특히 솔로 연주로 무대에 오르는 순간, ‘그’와 나는 오로지 서로에게밖에 의지할 곳이 없다. ‘그’가 내는 한 음에 웃고 우는 나 자신이 때로는 바보 같지만, 침묵 속에서 내 손가락을 통해 내 이야기를 모두 들어주고 받아주는 ‘그’가 나는 믿음직스럽다.

연주 전 나는 ‘그’ 앞에서 ‘그’와 작은 비밀 이야기를 나눈다. 그리고 마음을 연다. 그래야만 ‘그’ 또한 네게 소리를 열어주기 때문이다. 내가 ‘그’를 신뢰하지 않으면, ‘그’는 내게 소리를 내주지 않는다. ‘나’는 연주하는 것이 아니다. 다만, ‘그’를 통해 소소한 이야기들을 풀어놓을 뿐이다.

분명 사랑이다. 서로의 마음을 읽을 수 있으니, 평생을 함께 하고
싶으니….

러시아어는 명사와 형용사 등이 남성·여성·중성 세 개의 성으로 나뉘
고, 피아노는 중성이다. 포르테피아노ФОРТЕПИАНО. 바이올린은 여성
명사다. 스크립카СКРИПКА. 중성명사 피아노를 남성으로 표현하기도
하는데, 그랜드피아노가 러시아어로 남성명사이기 때문인 것 같다. 로
얄РОЯЛЬ.

치고이너바이젠

P. de Sarasate—Zigeunerweisen(Gypsy Airs) Op. 20

베토벤 바이러스 in LIVE

2009년 첫 달부터 〈베토벤 바이러스 in LIVE〉라는 콘서트가 시작되었다. 드라마에 대한 반응이 기대보다 더 뜨거운 탓에 드라마 삽입곡을 라이브로 들을 수 있는 기회가 생긴 것이다. 내가 연주해야 하는 곡은 2002년 월드컵 이후로 쭈~욱 나의 존재감을 나타내는 사라사테의 〈치고이너바이젠〉이다. 이 곡은 당대 최고 바이올리니스트였던 스페인 출생의 사라사테가 자신의 현란한 기교를 한껏 보여주기 위해 작곡한 곡이다. 집시풍 음악으로 앞부분은 집시의 한이 서려 있는 스타일이고, 뒷부분은 사람을 홀릴 것 같은 집시들의 빠른 춤곡이다.

바이올린 곡 가운데 전세계 모든 인류가 다 아는 곡이라고 자부한다. 반주의 첫 음만 들어도 청중 모두가 '아~' 하고 반가운 탄성을 내고 웃음을 머금고 듣는 곡이다. 그만큼 유명하지만, 테크닉이나 음악적으로 어려워 연주자는 부담이 크고 그래서 연주 시간 내내 독사의 눈빛으로 손가락을 뚫어져라 쳐다보게 되는 곡이기도

하다.

콘서트 성격이 성격인지라 드라마 영상이 함께 나갔는데, 내가 연주하기 전에 이 곡이 나왔던 드라마의 장면을 보여주었다. '근데 설마….' 이 곡이 연주된 드라마의 장면은 여주인공 두루미에게 같이 일하는 상관이 두루미의 '성공한 동창'의 포스터와 공연모습을 보여주고, 두루미가 자신의 자리로 돌아와 그 자료를 다시 보면서 '그 동창'에게 한 마디 하는 장면이다. 그 한마디는 바로 '미·친·년.'

이 영상 덕분에 〈베토벤 바이러스 in LIVE〉 전국투어에서 별명이 생겼다. 지휘자 선생님이 항상 나를 그 별명과 함께 소개해주었기 때문이다.

꿈은 이루어진다

2002년 9월 세종문화회관대강당. 이 날이 내가 서울 무대에 첫 발을 디딘 날이다. 한창 〈2002 한일월드컵〉으로 떠들썩한 나날을 보내고 즐거운 가을로 접어든 그때.

월드컵이 있던 해라 연주회는 〈꿈은 이루어진다〉는 제목이었다. 나는 서울청소년교향악단과 사라사테의 〈치고이너바이젠〉 협연을 하게 되었다. 뭔가 밝고 경쾌하고 모든 게 다 잘 이루어질 것 같은 곡을 찾다 테크닉과 음악성 모든 것이 갖추어진 이 곡을 연주하게 되었다. 강동석 선생님이 바이올린을 연주하시는 사진이 걸려 있는 대기실에 앉아 김밥을 먹는데, 너무 행복했다. 그렇게 대단한 거장들이 거쳐간 방에 앉아있는 것만 해도 너무도 뿌듯했다!

그때 세종문화회관 사장님이셨던 이종덕 사장님께서 응원 차 우리 방에 오셔서 이렇게 말씀하셨다.

"원진이·세진이, 너희도 이곳에 사진이 걸려야 한다."

'꿈은 이루어진다!' 그때 그 콘서트의 제목과도 같은 일이 이후로

내게 이루어질 것이라는 걸, 그때는 알지 못했다.

꿈은 이루어진다. 나는 그 꿈을 향해 계속 달려간다, 지금도.

프란츠 리스트

Franz Liszt

록스타 리스트

프란츠 리스트는 당대에 가장 인기가 높았던 피아니스트이자 작곡가다. 지금 시대로 비유하자면 록스타 같았다고 한다. 그의 연주장은 항상 여성팬으로 붐볐으며, 서로 한 번이라도 그의 손을 만져보려고 했단다. 또한 그가 떨어트린 담배꽁초나 손수건을 주우려는 엄청난 팬이 몰려들어 부상을 당하기도 했다고.

엄마가 좋니, 아빠가 좋니?

음악을 전공하는 사람이라면 꼭 듣는 질문이 있다.

"어느 작곡가를 가장 좋아하시나요?"

이 질문은 대략 다음과 같은 질문과 같은 맥락이다.

"엄마가 좋니, 아빠가 좋니?"

즉 답이 없는 질문이라는 것이다.

원조 엔터테인먼트

클래식의 역사를 살펴보면 클래식이야말로 원조 엔터테인먼트였다고 할 수 있다. 베르디G. Verdi · 이태리 오페라 작곡가의 오페라가 무대에 오르는 날이면, 지금의 흥행 영화 개봉일은 비교도 할 수 없을 만큼 대단한 인파가 몰렸다. 관객은 공연 시작 서너 시간 전에 와서 좋은 자리를 잡기 위해 싸우기까지 했다고 한다. 또한 오페라 가수들은 지금은 스타 가수 같은 대우를 받았고, 당연히 엄청난 인기 속에서 살았다.

지금은 클래식이라고 하면 긴 연주시간과 지루함을 떠올리는 사람들이 많지만, 리스트 · 베르디 등 수많은 작곡가와 연주자들이 그들의 생에서 누렸던 인기를 생각해보면 클래식은 여전히 즐거운 엔터테인먼트가 될 수 있다. 그러기 위해서 가장 어렵고 중요한 한 가지는 클래식 공연장을 찾는 첫 걸음뿐이다.

콜라 파르테colla parte

독창(주)자가 자유롭게 연주하는 것에 맞추어 반주하라는 말.
이 경우에는 연주자가 청중에 맞추어서 곡을 정한다는 뜻을 담았다.

연주자에게는 큰 고민이 있다. 청중을 위한 레퍼토리를 정해야 하는지, 연주자 자신을 위한 레퍼토리를 정해야 하는지. 하지만 '청중이 없으면 연주도 없다'는 생각은 많은 것을 결정한다. 청중은 대중적인 것을 원하지만 진지한 곡 역시 원한다는 것을 기억하면, 짧고 재미있게 들을 수 있는 클래식 속에 깊고 긴 대곡을 지루하지 않게 접목시키는 방법을 강구하게 된다.

결론은 청중의 사랑 없이는 무대가 없다는 것이다.

작품 속의 인생

듣기에 쉬운 음악과 어려운 음악이 있다. 하지만 연주자에게 쉬운 음악은 없다.

쇼팽의 소품들은 악보로 볼 때 라흐마니노프나 리스트보다 음이 훨씬 적다. 그리고 듣기에 편하게 들린다. 그러나 연주자에게 가장 어려운 작곡가 가운데 한 명이 바로 쇼팽이다. 꾸밈도 없고 간결한 멜로디지만 그것을 표현하는 것은 정말 어렵다. 조그마한 작은 음으로 빼곡히 채워져서 테크닉이 많이 필요한 곡보다 몇 음 적혀 있지 않는 서정적인 부분을 음악적으로 표현하기가 훨씬 힘들다.

30분짜리 대곡도 한 인생이라면, 3~4분짜리 작은 소품에도 인생이 담겨 있는 것이다.

인생은 우리가 사는 세상만큼 번거로운 것이다.
밤은 슬픔처럼 평온하며,
너는 예술처럼 아름답다.
시는 나처럼 만들어진 것이다.

무언

　두 명의 음악가가 한 음악을 함께 연주하고 있다는 이유로 굳이 아무 말하지 않아도 서로 대화를 나눈다고 느낄 수 있다면, 연주자와 청중이 같은 음악을 듣고 있다는 이유로 굳이 아무 말하지 않아도 대화를 나누는 것 같다면, 침묵 속에서 흐르는 선율에 인간의 언어는 필요가 없다. 그렇게 어느 순간, 지금 내가 존재하고 있는 공간을 채워주는 의미심장한 음악의 문장들.

　이런 이유로 음악은 전세계인의 언어가 되는 것이다.

피아니스트의 꿈

리스트는 비르투오소virtuoso · 테크닉을 현란하게 연주하는 사람였다. 하지만 그가 그렇게 큰 인기를 얻은 데는 쇼맨십이 큰 몫을 했다. 일반적인 클래식 연주자라면 할 수 없을 것 같은 무대 매너가 리스트에게 있었다. 때문에 그의 연주는 더욱 빛났다. 이처럼 우리가 일반적으로 연상하는 '클래식' 음악 이미지와는 전혀 상반되는 분위기를 지니고 있던 피아니스트가 바로 리스트이다.

때문에 그는 영원히 모든 피아니스트의 로망으로 남을 것이다.

닭이 먼저일까, 달걀이 먼저일까

많은 사람이 연주의 '테크닉'과 '음악성'을 분류한다. 하지만 이 두 가지는 한 줄기에서 태어났기 때문에 테크닉 없는 음악성이 불가능하며 음악성 없는 테크닉 또한 불가능하다.

음악이란 청중 입장에서는 즐기는 것이 가장 좋은 것이고, 음악을 분리하고 조립하는 것은 연주자만으로 충분하다.

연주자도 관객?

　이상하게 들릴지도 모르겠지만 피아노 연주를 직업으로 삼고 있는 나 또한 관객석에 앉는 순간 청중이 되어버린다. 그리고 누군가의 연주를 평가하려 하지 않는다. 그냥 음악을 들을 뿐이다. 내 취향의 음악이 아니면 내 취향이 '아닌' 음악이다. 나쁜 음악이란 있을 수 없으니까.

원더우먼

대기실과 무대를 가르는 것은 문턱 하나다. 한 걸음이면 대기실에서 무대로 나갈 수 있다. 이 한 걸음이 세상을 바꿔놓는다. 대기실에서는 평범한 '나'일 뿐이지만, 무대라는 곳으로 옮겨가는 순간 '초능력'을 발휘하는 연주자가 된다.

무대 위에서는 현실의 감정이나 느낌, 아픔은 다 사라지고 또 다른 내가 된다. 대기실의 감기는 무대에 오르는 순간 사라지고, 나빴던 기분도 무대에서는 최고의 기분으로 변한다. 그리고 연주가 끝난 후, 무대에서 대기실로 발걸음을 옮기는 순간, 나는 다시 현실로 돌아온다.

중독

무대중독이라는 말이 있다. 한 번 무대 위에서 카타르시스c016456
를 느끼고 나면 또 무대로 나갈 수밖에 없다는 것. 때문에 음악가
들은 대단한 압박과 긴장 속에서도 무대를 찾는다.

스케르초

Скерцо

'풍자, 유머'를 뜻하는 스케르초는 음악의 한 장르(genre)다.

음악인과 경영인

음악인과 경영인에게는 공통점이 있다. 음악인은 잡담으로 돈 이야기를 나누며, 경영인은 잡담으로 예술에 대한 대화를 나눈다는 것.

포커페이스

완벽주의자 같은 연주자도 무대 위에서 간혹 실수를 한다. 그때를 대비해서 우리는 철저한 교육을 받았다. 첫째, 실수를 의도한 것처럼 보여라. 둘째, 태연한 척하라.

세계신기록

'우리는 예술가다. 스포츠를 하는 것이 아니기 때문에 연주시간에 구애받지 않는다'라고 한다. 하지만 한 분야의 음악가들이 모이면 항상 피할 수 없는 대화가 오간다.

"난 쇼팽 에튀드 5번을 1분 30초에 쳤어."

"그래? 나는 1분 15초까지 쳐봤는데…."

한 곡의 연주시간에 상당히 예민하다. 오늘은 5초라도 빨리 치고 싶은 마음에.

베니스의 상인, 샤일록

연주자에게도 '인간적인' 면이 많다. 항상 수많은 악보를 외우면서도 항상 압박감에 시달린다. 사람들은 보통 음악가들이 악보를 보면 낭만적인 제스처를 취하며 영화에서 너무 비현실적인 이미지를 많이 선보였다 음악에 대해 고뇌할 것이라고 생각한다. 하지만 현실 속에의 연주자들은 처음 보는 악보를 손에 잡으면 페이지부터 계산한다.

클래식 vs 클래식

　클래식음악은 심각한 것 같으면서도 모두가 공감할 수 있는 농담을 음악으로 표현한다. 러시아에는 예전에 〈프로코피예프 피아노 협주곡 1번Прокофьев - Концерт No.1 для фортепиано с оркестром〉을 연주할 때 관객 가운데 한 사람이 배꼽을 잡으며 의자에서 넘어 졌다는 이야기가 있다. 그만큼 맛깔스럽고 익살스럽게 연주했다는 것이다.

　지금 '클래식 영화'라고 불리는 할리우드 영화들과 비슷하다. 분 명히 교훈적인 메시지를 담고 있으면서도 코믹한 장면과 진정성 있 는 내용이 서로 상호작용하는 것 말이다. 그래서 클래식 음악이 지 금까지 존재하고 사랑받는 것이다.

샤콘느

J. S. Bach—Partita No. 2 for violin solo
in d minor BWV 1004 〈Chaconne〉

어둠 속의 〈샤콘느〉

눈을 감으면,

아무것도 보이지 않는다.

어떤 연주자가 아무것도 보이지 않는 상태에서 연주해본 적이 있을까? 전시 상태도 아니고 전기가 없어 호롱불에 의존해야 하는 것도 아닌 21세기 대한민국에서. 그러고 보니 나는 참 남들과 달리 특이한 상황에서 많은 연주를 해봤다.

한국에서 〈샤콘느〉를 연주할 수 있는 날이 오다니!

이 곡을 연주해달라는 전화는 연주회 한 달 전에 왔다. 물론 졸업시험 때문에 달달 외우는 곡이지만, 바흐의 〈샤콘느〉는 많은 연주자가 부담스러워 꺼리는 곡이다. 〈무반주 파르티타 2번〉의 마지막 곡이기도 하고 바흐의 무반주 곡 가운데 가장 유명하고 긴 곡으로 15분이 조금 넘는 시간 내내 1초의 쉼도 없이 바이올린 연주자 혼자서 무대의 그 고요함을 온전히 감당해야 하기 때문이다. 그래

서 〈샤콘느〉를 연주하는 사람이 많지 없다.

연주 장소는 나주에 있는 문예회관이었다. 그 콘서트에는 여러 프로그램이 있었고, 그 가운데 하나가 〈샤콘느〉였다. 리허설을 하는데 콘서트를 주관하신 분께서 내 소리를 듣다가 깜짝 놀랄 제안을 하나 하셨다. 내 연주를 듣다보니 어둠 속에서 뻗어 나오는 빛 한 줄기가 연상된다며 암전된 무대에서 연주하는 것이 어떠냐는 것이었다. 맑고 밝고 깨끗한, 사람의 마음을 꿰뚫을 것 같은 바흐를 암흑에서 듣는다고 상상해보니, 청중에게 잊지 못할 음악이 될 것 같아 흔쾌히 수락했다.

검정 긴 드레스를 입고 악기를 들고 뚜벅뚜벅 무대 중앙으로 걸어갔다. 청중은 내가 나오자 박수를 치기 시작했다. 나는 그런 청중에게 정중히 인사를 하고, 박수가 그치고, 그리고 모두 들을 준비를 했다. 드디어 나의 바흐 〈샤콘느〉가 시작되었다.

나를 비추던 조명이 점점 잦아들기 시작하더니 어느 순간 공연장은 완전히 암흑에 휩싸였다. 눈을 감아도, 눈을 떠도, 내게는 어둠 뿐이었다.

'아, 앞을 보지 못하는 이들의 세상이 이렇겠구나.'

모스크바에서 유학할 당시 가끔 목욕탕에서 불을 끄고 연습하는 걸 좋아했다. 그때는 목욕탕의 울림이 좋고 그 울림이 내 소리를 풍성하게 만들어줘서 좋아했다. 그때부터 그렇게 어둠에서 연주하는 걸 좋아하는 나도 5분이 넘어가고 중반이 되니 뭔가 중심이 흔들릴 것 같았다. 그때 번쩍! 어디선가 불빛이 보였다. '아, 무언가 통달했을 때 얻어지는 불빛인가?'

그러나 그것의 정체는 바로 카메라 플래시였다. '아니, 어떻게 콘서트에서, 그것도 신성한 바흐의 〈샤콘느〉 연주에서 플래시를 터트릴 수 있지? 너무 무례한 거 아니야?'라고 생각할 수도 있겠다. 하지만 그 빛은 내게 숨이 끊어져가는 사람이 다시 숨을 뱉어낼 수 있게 하는 한 가닥 희망과도 같았다. 그 빛이 없었다면 잘할 수 있다고 큰소리 친 것과 달리 연주를 끝까지 이어갈 수 없었을지도 모른다.

어둠 속에서, 아무 것도 보이지 않는 상태에서 정신을 집중하다가도 갑자기 두려움이 엄습해오고 그러면 순간 정신줄이 '저세상'으로 넘어가버릴 것 같았다. 그때 내 정신줄을 '이세상'에 잡아준 것이 그 고마운 불빛이었다. 그 빛의 힘으로 마지막 음까지 때론 슬프게 또 때론 평온하게 그렇게 힘차게 연주할 수 있었다.

나중에 다른 연주자들의 이야기를 들어보니 어둠 속에서 연주하는 일은 있을 수도 없고 연주자의 얼굴을 보여주지 않는 무례함도 있을 수 없는 일이라고 했다. 하지만 나는 나의 모습이 아닌 나의 소리가 남기를 바라는 연주자라 너무도 쉽게 '오케이'를 외칠 수 있었다.

모든 이의 머리와 가슴에 송원진이라는 나의 이름과 나의 소리가 남아 기억되길 바란다.

시골 학교에서의 〈샤콘느〉

　나는 바흐의 〈샤콘느〉를 여러 곳에서 연주했다. 다른 모든 곡도 마찬가지겠지만 그럼에도 바흐의 〈샤콘느〉는 좀더 특별하다. 다른 곡은 반주가 있고, 반주가 없는 무반주곡이라고 해도 오로지 바이올린으로만 10분이 넘게 연주하는 곡은 거의 없다. 그래서 너무 지겹고 길고 힘든 곡이라고 생각하는 사람이 꽤 많다. 하지만 내 연주를 들은 청중의 반응을 보면 이 모든 건 편견에 불과하다.

　바흐의 〈샤콘느〉를 한국에서 처음 연주한 곳은 전라북도 어느 작은 시골에 있는 중학교에서다. 내게는 이모가 세 분 계신데, 한 이모가 그 중학교의 교장선생님이셨다. 어려서부터 방학 때마다 한국에 오면 이모가 재직하셨던 모든 학교에서 아이들에게 바이올린이 어떻게 생겼고 클래식은 어떤 것인지 보여주기 위해 많은 연주를 해왔다. 때문에 이모의 교장퇴임식에서 내 연주회가 함께하는 것은 전혀 이상한 일이 아니었다.

　그날, 학교의 학생과 귀빈이 모인 자리에서 나는 바흐의 〈샤콘느〉

를 들려주었다. 쥐 죽은 듯이 15분 동안 내 연주를 듣는 이들을 보며 내가 바이올리니스트라는 것이 자랑스러웠다. 나의 음악은 물론 클래식에 대한 이해가 깊지도 않고, 또 바흐의 〈샤콘느〉를 거의 처음으로 듣는 작은 아이들이 내 연주에 그렇게 집중해주다니! 다른 어떤 연주회보다도 큰 감동을 안겨준 순간이었다.

나의 〈샤콘느〉를 만들어주신 분들

바흐 〈샤콘느〉는 굉장히 중요한 곡이다. 바로 석사 졸업인 국가고시 지정곡 가운데 하나이기 때문이다. 모스크바에서는 졸업시험곡이 세 개로 나눠진다. '바흐 무반주 소나타나 파르티타' '비르투오소 소품' 그리고 '낭만 이후의 협주곡 1악장 내지 2, 3악장.'

바흐는 항상 '푸가와 느린 악장인 1악장', '샤콘느' 아니면 '빠른 악장과 느린 악장' 세 가지 가운데 하나를 골라야 한다. 모스크바 실기시험의 특징은 어느 곡이든 처음부터 끝까지 자르지 않고 다 듣는다는 것이다. 그래서 졸업시험이 어려운 것이다.

지금까지는 '비르투오소 소품'이나 '협주곡'이었기 때문에 길어봐야 20분 정도였고 이 20분도 '차이코프스키 바이올린 협주곡 1악장 또는 2, 3악장', '시벨리우스J. Sibelius의 바이올린 협주곡' 등 몇 개의 협주곡을 제외하면 대부분의 실기시험 시간은 10분에서 15분 안팎이었다. 하지만 졸업시험은 짧게는 40분이고 길어지면 거의 한 시간 가까이 소요된다. 때문에 연주를 많이 해보지 않은 학생들은

준비하기도 힘들고 연습하기도 힘들고 시험 당일 무대의 압박감을 감당하는 것도 굉장히 어려워한다.

그나마 다행인 것은 앞의 세 곡 가운데 한 곡은 지금까지 4년 반 동안 봐온 시험곡 가운데서 고를 수 있다는 점이다.

지금까지 내가 연주하고 시험을 본 곡들은 선생님들께서 추천해 주신 곡도 있지만 대부분 내가 듣고 고른 곡들이다. 나는 음악원에 입학하는 순간부터 졸업시험에서 다른 건 몰라도 바흐의 〈샤콘느〉 만은 꼭 연주하고 싶었다.

많은 이들이 지금 나의 모습을 보고는 내가 별 어려움 없이 이 자리에 오른 줄 안다. 또 나는 언제나 모든 선생님께 아주 좋은 소리를 내고 음악성이 굉장히 풍부하다는 소리를 들었다. 여느 공부와 마찬가지로 음악도 많은 연습시간이 밑받침이 되어야 한다. 그러나 나는 무척 게으른 사람이고, 그러다보니 벼락치기를 좋아하고 연습 역시 벼락치기를 하려는 성향이 굉장히 강했다. 예원학교 시험

233

도 과외선생님과 엄마가 인간의 한계를 넘을 정도의 인내심으로 나의 짜증과 기분을 맞춰주셔서 가능한 일이었다.

신기하게도 모스크바에 간 첫 해부터 내 소리를 예뻐하신 선생님들 덕분에 연주할 기회가 많아졌다. 그래서인지 연습도 재미있었고 무대에 서는 것도 너무 즐거웠다. 아침에 일어나 엄마와 밥을 먹고 연습을 시작해 매일 6시간 정도씩 연습했다. 그렇게 게으른 내가 연습을 좋아하게 되자 누군가 질투를 했는지, 내게도 심한 슬럼프가 찾아왔다. 연주를 많이 할수록 기초가 부족하다는 걸 느끼게 된 것이다. 엄마는 내 고민을 듣고는 바로 좋은 선생님을 찾아주셨다. 조야 이사코브나 마흐치나Зоя Исаковна Махтина. 나이 많은 유태인 여자 선생님이셨다. 그 선생님의 클래스에 들어가기 위해 얼마나 부탁을 했는지 모른다. 물론 내가 원해서 택한 길이었지만 너무 힘든 길이었다.

이미 중학교 때 국제 콩쿠르에 입상한 내가 고등학교에 1학년이 되어서 개방선 긋기를 시작한 것이다. 한 달 남짓 그렇게 개방선을 그었고, 바이올린을 처음 배우는 사람처럼 왼손 테크닉을 하나씩 연습하기 시작했다. 레슨 때마다 선생님의 꾸중을 듣고, 다른 친들구은 어려운 곡을 연습하는데 나는 내가 원하는 곡도 연주할 수 없고….

그런데 러시아는 참 희한한 나라다. 실기시험 때 기초를 배우는 중이라고 하자 내 학년보다 훨씬 수준이 낮은 곡으로 시험을 봐도 항상 절대평가를 해주었다. 내가 연주하는 곡을 얼마나 이해하고 잘하는지가 중요하지 뭘 하는지가 중요한 것이 아니었다. 그런 환경이었기 때문에 그 늦은 나이에 테크닉을 공부하고 기초를 다시 다질 수 있었다. 지금은 나도 한국에서 아이들을 가르치고 있는데, 이런 부분이 가장 마음에 걸린다. 연습곡을 할 시간이 없고 기초를 다질 환경이 되지 않는다는 게 정말 가슴 아프다.

아무튼 이미 그때 나는 나이가 들어 손이 마음대로 움직이지는 않지만 그래도 좋은 이해력으로 열심히 따라갔다. 하지만 연주하고 싶은 곡과 연습하는 곡 사이의 괴리감이 너무 커서 선생님과 상의도 하고 우기기도 하면서 중간중간 연주하고 싶은 곡을 연주했다.

선생님은 고등학교를 1년 더 다니고 대학에 가길 바라셨지만 갑자기 터진 한국의 IMF 사태를 비롯해 모든 환경이 바로 음악원에 가는 방향으로 진행됐다. 아직도 모스크바에서 조야 이사코브나 마흐치나 선생님께 배웠다고 하면 모두가 내 연주를 듣지 않고도 인정해준다. 그만큼 선생님의 수없이 무섭고 견디기 힘들었지만, 나는 최선을 다해 견뎠다. 기초가 모든 연주의 반인 걸 알기 때문이다.

차이코프스키 콩쿠르에서 1등을 한 니콜라이 사첸코H. Саченко도 같은 클래스였다. 우리 클래스 친구들은 모두 대단한 실력자들이었고, 그런 실력자들이 한 클래스에 다 모여 있다보니 모스크바의 모든 학생이 다 그 수준인 줄 알았다. 하지만 음악원에 들어가자 우리 클래스 아이들 하나하나가 얼마나 대단한 연주자들인지 깨닫게 되었다. 모든 학년의 탑이 우리 클래스 친구들이었다.

*

    대학에 입학하자 즐거운 시절이 온 것 같았다. 이제 재미있고 즐기듯이 공부할 수 있겠구나, 하고. 하지만 내 인생 최대 고비가 닥쳤다. 대학에서 만난 교수님이 나와는 정말 정반대의 성향이었던 것이다. 첫 교수님이신 세르게이 크라브첸코С. Кравченко는 파가니니 콩쿠르에 입상하였고 학교 관현악학부 학과장이셨다. 또 엄청나게 바쁜 분이라 전세계의 마스터 클래스와의 연주일정 때문에 한 달에 한두 번 정도만 레슨을 받을 수 있었다.

    크라브첸코 교수님은 굉장히 냉철한 연주를 좋아하고, 섬세하지만 가느다란 소리를 가지고 계셨다. 그래서 내게도 항상 이런 부분을 주의 깊게 생각하고 냉철하게 연주하라고 하셨지만, 나는 성향상 분출하는 것을 좋아하고 좀더 감정적으로 연주하는 것을 즐겼다. 그래서 교수님과 나는 항상 반대 방향을 향해 달려가는 것 같았다. 절대로 같은 방향으로 가는 일이 없었다.

희한한 건 교수님께서 원하시는 대로 연주를 해도 뭔가가 마음에 들지 않으시는지 고개를 갸우뚱하셨다. 게다가 교수님과의 이런 대조적인 음악 성향과 나의 내성적인 성격이 합쳐져 무시무시한 결과를 가져왔다. 바로 '무대 공포증'이다. 무대에서는 절대 내성적인 모습을 보이지 않던 내가 같은 방향의 음악을 하지 않는다는 질타를 계속 받다보니 소심해지기 시작하고 나의 집 같았던 무대가 두려워지기 시작한 것이다.

이 문제는 2학년이 되어서는 도저히 참을 수 없는 지경에까지 이르러 결국 휴학을 결정했다. 사실 이 시기에는 정말 바이올린을 하고 싶지 않았다. 그때 제일 하고 싶었던 건 종군기자였다. 그래서 모스크바 대학교에 있는 신방과에 갈까, 하는 생각도 했다. 글 쓰는 걸 좋아하기도 하지만 종군기자는 무언가 동경의 대상이기도 했으니까.

건강을 핑계로 학교에 신청했던 휴학기간이 종료되는 1년이 돌아오고 있었지만 나는 아직도 마음의 준비가 되지 않아서 휴학을 1년 더 연장하기로 했다. 휴학은 했지만 그렇다고 바이올린을 손에서 놓은 건 아니었다. 휴학한 2년 동안 나는 내가 하고 싶은 곡만 연습하고 연주도 했다. 2년이란 시간은 긴 시간 같지만 짧기도 하다.

내 문제는 쉽게 풀 수 없는 문제였다. 크라브첸코 교수님께서는 학교에서 막강한 파워를 자랑하셨기 때문에 섣부르게 다른 교수님께 옮겨갈 수도 없었다. 계속 쉴 수만은 없는 일이라 결국 복학을 했지만 교수님과 나 사이의 골은 매워지지 않았다. 아니 더 깊어졌다. 그래도 교수님께서는 자신의 제자 가운데 내 레슨을 제일 꼼꼼히 잘 봐주셨다. 이 어려운 상황에서도 내 레슨시간은 다른 학생들로 북적였다. 교수님께 하나라도 더 배워가려고 학생들이 내 레슨시간을 청강했기 때문이다. 이는 교수님도 아시고 나도 아는 사실이었다. 이렇게 1년이 흐르자 결국 교수님은 3학년을 마치고 내게 자유를 주었다.

*

사람의 운명은 참 신기하다.

2003년이 되자 집주인 딸이 시집을 가게 되어 우리가 살고 있는 집으로 들어올 것이니 집을 비워달라고 했다. 이사를 해야 되는데 집을 구하지 못했다. 다행히 여름방학이라 짐만 여러 군데 분산시켜놓고 한국으로 나왔다. 보통은 3~4주 정도 머물렀지만 이때는 모스크바에서 머물 집이 없어서 두 달 넘게 한국에 있었다.

언제나 학기가 시작하기 전에 모스크바에 돌아갔는데 그때는 9월 셋째 주쯤 모스크바로 돌아갔다. 도착하고 바로 학교에 가니 나처럼 지도교수가 없는 다른 한국 학생을 두 명의 선생님께서 각각 한 명씩 맡으셔야 했다. 그런데 내가 없는 사이에 다른 한국 학생이 약간 나이가 드신 교수님 수업으로 결정하는 바람에 나는 결정권도 없이 나머지 한 분에게 연락을 드렸다. 그분은 아주 젊은, 겸임교수가 된 지 얼마 되지 않은 아리아드나 안쳅스카야A.

Анчевская 교수님. 사실 나는 안쳅스카야 교수님의 스승과 별로 좋지 않은 기억을 가지고 있어서 안쳅스카야 교수님께도 별로 큰 기대를 하지는 않았다. 나는 이 교수님께서 나의 인생을 이렇게나 바꿔주실 수 있는 분이라고는 생각지 못했던 것이다.

안쳅스카야 교수님의 특징은 내가 아무리 어려운 곡을 선택해도 절대 'NO'라고 하신 적이 없다는 것이다. 항상 긍정적으로 받아주시고 제대로 잘할 수 있도록 지도해주셨다. 학생마다 특징이 있고 성격도 다 다르고 연습방법도 제각각이다. 그렇기 때문에 같은 곡을 연주해도 모두가 다른 음악을 들려줄 수 있는 것이다. 거의 모든 아이에게는 채찍과 당근을 함께 주어야 한다지만, 나는 특이하게도 칭찬을 받으면 안 되던 것도 된다. 누구나 그럴 것 같지만 사실 그렇지도 않다.

그렇게 젊고 좋은 교수님을 만나 용기를 얻으면서 크라브첸코 교수님 덕분에 생긴 무대 공포증도 없애고 다시 나의 자리로 돌아올 수 있었다. 모든 걸 상의할 수 있고 또 연습을 하면서도 안 되는 것이 있으면 머리를 맞대고 이야기를 나눌 수 있는 스승이 있다는 것은 정말 큰 행운이다. 이런 스승을 가질 수 있어 너무 행복했다.

안쳅스카야 교수님을 만났기 때문에 바흐의 〈샤콘느〉가 졸업곡이 될 수 있었다. 시험 무대에 올라 연주하기가 힘든 곡이라는 걸 누구보다도 잘 아시는 분이셨기에 한 음, 한 음 섬세하고 열심히 지도해주셨다. 정말 교수님이 나보다 더 열심히 〈샤콘느〉를 품어주셨고 그래서 좋은 성적으로 졸업할 수 있었다.

*

나의 〈샤콘느〉를 성숙하게 만들어주신 모스크바에서의 나의 마지막 스승, 막심 페도토프M. Федотов. 이분은 유명한 바이올리니스트로서 학교에서는 학생들을 가르치지 않는 것으로도 유명하다. 나는 학교를 졸업하고서 이분을 만났다. 대단한 행운이 따라 우연한 소개로 만나게 되었다. 고등학교 때 나를 사사해주신 선생님은 우리 분야에서는 상당히 유명한 분이셨는데, 그분 말씀을 드렸더니 "그럼 당신은 뭐든지 할 수 있겠군요!"라시면서 자신이 가지고 있는 무대에서의 모든 노하우를 전수해주셨다.

페도토프 교수님은 연주가 너무 많아 연습이 연주요, 연주가 연습인 분이셨다. 한 번 연주여행을 떠나시면 몇 주는 기본이요 몇 달 동안도 모스크바에 돌아오지 않으셨다.

시험과 연주는 전혀 다른 개념이다. 모스크바에서 많은 교수님이 나의 음악세계에 공감해주셨지만, 그래도 시험과 연주는 같을 수가 없다. 페도토프 교수님은 그걸 아셨기 때문에 연주가 많은 나에게 무대에서 꼭 필요한, 무대이기 때문에 그렇게 해야 하는 노하우를 전수해주셨다.

"소리는 항상 크고 강렬해야 돼. 그러기 위해서는 군더더기를 없애야 돼."

"많은 사람이 우리의 음악을 고르게 듣게 하기 위해 노력해야 돼."

"이건 시험이 아니잖아. 조금 더 너의 감성을 강하게 표현해도 돼."

지금 나의 모습은 페도토프 교수님의 성향과 제일 많이 닮아 있다. 스승을 닮는 건 당연한 일이지만, 소통이 되지 않으면 닮고 싶어도 닮을 수 없다.

*

지금 나는, 지금까지 나와 인연이 닿은 모든 선생님께 감사드린다. 그분들은 나의 바이올린 실력만 향상시켜주신 게 아니다. 나는 그 모든 분께 인성을 배웠고, 넓게는 인생을 배웠다. 돌이켜볼수록 내가 그 모든 선생님께 정말로 많은 것을 받았다는 것을 느끼게 된다. 그때는 미처 깨닫지 못한 부분이 많았다. 왜 그렇게 해야 하는지, 꼭 그렇게 해야만 하는지. 하지만 지금은 왜 그렇게 가르치셨는지, 왜 그렇게 말씀하셨는지 알겠다. 스스로 깨닫지 못하면 그건 자기 것이 아니다. 이제 그분들의 가르침은 진정으로 내 것이 되었다.

모스크바에 있는 가장 큰 연주홀은 모스크바 국립 차이코프스키 음악원에 있는 대형홀이다. 3층까지 있는 그 홀은 1800명의 인원을 수용할 수 있는 곳이지만 그곳에는 마이크가 없다. 나의 모든 선생님은 한결같이 이런 말씀을 하셨다.

"천 명이 넘는 사람이 너의 음악을 들으러 올 것이다. 그 사람들이 어디에 앉아 있든 너의 음악을 들을 수 있어야 한다. 너는 그들에게 너의 음악을 들려주어야 하는 의무가 있다."

그래서 선생님들은 내가 또렷하고 큰 소리를 내길 원하셨다. 어쩌면 모스크바에 있는 이런 연주공간의 특수성으로 지금의 내 소리가 개발되었는지도 모르겠다.

많은 분이 내 연주를 듣고 바이올린이 가진 소리가 이렇게 다채로울 수 있냐고 물으신다. 나는 나의 악기가, 나의 바이올린이 바이올린의 소리에서 그치지 않고 더 넓고 많은 소리를 안을 수 있길 바란다. 바이올린이 가진 높고 가늘면서도 길게 뻗어나가는 소리는 당연하고 비올라는 물론, 될 수만 있다면 첼로가 가지고 있는 깊고 넓은 소리까지 낼 수 있길 바란다. 왜냐고? 나는 내가 연주하는 곡의 모든 소리를 세세히 담아내고 싶고, 할 수 있는 만큼 더 많은 색을 담고 싶기 때문이다.

현악기 가운데 가장 작은 악기이기 때문에 가질 수밖에 없는 소리의 한계도 있을 테고, '바이올린은 꼭 이런 소리를 내야 돼!'라는 정형화된 기대도 많을 것이다. 하지만 나의 선생님들의 말씀처럼 작곡가가 많은 감정과 색깔을 곡에 집어넣는 것처럼, 나도 나의 작은 악기로 지은이의 감정과 생각, 색깔과 배경은 물론, 나의 감정과 생각, 색깔과 배경을 지금 이 순간 내 음악을 듣는 이들에게 들려주고 싶다.

비탈리 〈샤콘느〉
G. Vitali—Chaconne in G minor

　많은 사람이 내게 연주할 때의 기분을 묻는다. 그런데 나는 나의 첫 연주의 첫 느낌을 기억하지 못한다.

　가만히 생각해보면 많은 사람 앞에 서서 연주한 첫 곡은 비탈리 〈샤콘느〉. 예원학교에 입학하고 바로 있었던 향상음악회에서였다.

　그때 나는 나의 학우들, 그러니까 300명의 동료 앞에서 연주해야 하고 내 연주에 대한 친구들의 비평이 그들의 노트에 남아야 된다는 사실이 얼마나 부담스러운 것인지 그때는 몰랐다. 아니, 계속 모르고 지냈다.

　친구들에게 평가를 받는다는 것은 어느 면에서는 아주 잔인한 일일 수도 있다. 물론 학교교과과정 중의 하나고 이런 경험을 기반으로 다른 사람의 음악을 비평하고, 새로운 소리를 찾아내 그것을 정확하게 글로 표현하는 능력을 키우는, 자기개발의 좋은 방법 가운데 하나일 수도 있다고 생각한다. 그래서 그런지 요즘 일주일에 한 번씩 서울예고 향상음악회에 선생의 자격으로 앉아 있으면 옛날 나

의 첫 무대가 생각난다.

사실 20년 전 내가 이 곡을 어떻게 연주했는지 기억나지 않는다. 어떤 마음으로 연주했는지 어떤 정신으로 거기 있었는지 참 궁금하다. 잘했을 것 같긴 한데…, 타임머신이 있다면 그 자리에 다시 한번 서보고 싶다.

Music Actually

음악은 모든 곳에 존재한다고 믿는다. 클래식 음악은 꼭 콘서트홀에서만 연주해야 된다는 건 편견이다. 물론 클래식 음악을 연주하기에 더 적합한 장소가 있지만 그곳이 꼭 콘서트홀인 것은 아니다. 울림이 좋은 교회나 성당에서 연주해도 기분이 아주 좋다. 그래서 유럽에서는 성당에서 연주하는 경우도 많다.

또 꼭 콘서트홀에서 연주해야만 청중들이 제대로 집중할 수 있다는 것도 편견이다. 나는 사실 마이크가 없는 곳에서 연주하고 싶다. 마이크가 없으면 악기 본연의 소리를 들려줄 수 있고 내 감정을 그대로 더 잘 표현할 수 있다. 그 감정은 격할 때도 또 약할 때도 있지만 있는 그대로를 들려줄 수 있다. 하지만 마이크를 사용하는 것은 연주자 입장에서는 조금 편하게 연주할 수 있을지는 몰라도 일면 가식적인 소리를 낸다는 생각에 별로 좋아하지 않는다.

그렇지만 어찌하랴! 나는 굉장히 빨리 적응한다. 없앨 수 없으면 잘 활용해야 한다. 마이크를 써야 한다면 이를 이용해 조금이라도 바이올린 본연의 소리를 낼 수 있도록 해야 한다. 요즘 한국 공연장은 클래식뿐 아니라 다른 여러 목적을 위해 만든 공간이 많아 마이크가 없으면 연주할 수 없는 곳이 많다. 그런 공간에서 마이크가 싫다고 거부만 해서는 문제가 해결되지 않는다. 그렇다면 즐기는 수밖에. 좋은 음향감독님을 만나면 편하고 행복하게 연주할 수 있는 환경을 만들어주셔서 이제는 그렇게 예민하지 않게 연주할 수 있다. 대신 좋은 감독님을 만날 수 있도록 기도를 많이 해야 된다.

그래서 나는 장소에 따라 좋다고 생각되는 곳에서는 좋은 연주를 들려주고, 그렇지 않다고 생각되는 곳에서는 그것을 핑계로 대충 그저 그런 연주를 한다는 생각 자체를 이해할 수 없다. 청중은 그 어느 곳이든 똑같은 마음을 가지고 온다고 생각한다. 그것은 바로 '좋은 음악을 듣고 싶다'는 것. 그런 청중에게 그 장소가 마음에 들지 않고 환경이 좋지 않다는 이유로 최상의 연주를 들려주지 않는다면 그것은 연주자의 기만이다.

누가 우리 앞에 앉아 있는지, 우리가 어디에 있는지는 중요하지 않다. 그들이 '송원진·송세진'의 소리를 듣는다는 것이 중요하다. 우리가 내는 소리, 우리의 음악은 어디서든 누구에게든 똑같아야 한다. 그 이유는 그것이 우리의 것이기 때문이다. 우리는 모두와 어디서든 항상 최고의 감정으로 같이 호흡하고 같이 웃고 같이 즐기고 싶다.

우리의 꿈은, 우리의 소리를 들은 모두가 우리 소리를 기억하고, 그들이 또 다른 이들에게 '송원진·송세진'은 언제나 즐겁고 재미있게 클래식 연주를 하는 사람이라고 이야기하고, 다시 그들과 함께 가벼운 발걸음으로 신나게 우리 소리를 들으러 오는 것이다.

epilogue

청중이 다른 것이 아니다.
장소가 다른 것이 아니다.
그러므로 연주자는
누구에게든, 어디에서든,
한결 같은 마음으로 연주해야 하는 것이다.

불멸의
사 랑
이야기

초판1쇄 2011년 2월 7일
초판2쇄 2011년 2월 28일

지은이 송원진 · 송세진 지음
펴낸이 하태복

펴낸곳 이가서
주소 서울특별시 마포구 서교동 469-5 정서빌딩 202호
전화 02-336-3502
팩스 02-336-3009

등록번호 제10-2539호

ISBN 978-89-5864-287-9 03810